우진 현대 판타지 장편소설

WISHBOOKS MODERN FANTASY STORY

다시 태어난 베토벤

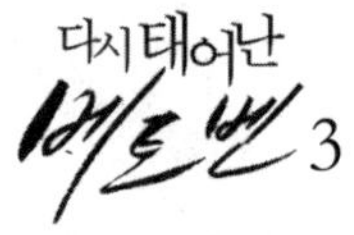

우진 현대 판타지 장편소설

초판 1쇄 찍은 날 | 2019년 5월 10일
초판 1쇄 펴낸 날 | 2019년 5월 17일

지은이 | 우진
펴낸이 | 예경원

기획 | 위시북스
편집책임 | 이규재
편집 | 위시북스

펴낸곳 | 예원북스
등록번호 | 제396-2012-000132호
등록일자 | 2012. 7. 25
KFN | 제1-406호

주소 | 경기도 고양시 일산동구 호수로 646-24 위너스21II빌딩 206A호 (우)10401
전화 | 031-819-9431 팩스 | 031-817-9432
E-mail | yewonbooks@naver.com

ISBN 979-11-6424-289-4 04810
979-11-6424-234-4 (set)

※ 이 도서의 국립중앙도서관 출판시도서목록(CIP)은 서지정보유통지원시스템 홈페이지(http://seoji.go.kr)와 국가자료공동목록시스템(http://www.nl.go.kr/kolisnet)에서 이용하실 수 있습니다.

우진 현대 판타지 장편소설

WISHBOOKS MODERN FANTASY STORY

다시 태어난 베토벤

3

Wish Books

다시 태어난 베토벤

CONTENTS

13악장

6살, 혈연

"그 일은 어쩔 수 없었다고 몇 번이나 말하지 않았느냐. 그 일에 얼마나 많은 돈이 들어간 줄 알고 그러는 게야?"

"아버지야말로 그 한순간의 판단으로 몇 명의 학자가 길을 잃었는지 알고 계세요?"

"그 사업은 가망이 없었어!"

"영국에서 독일, 오스트리아로 이주했다는 증거는 나왔잖아요! 발굴 사업에는 전혀 문제가 없었어요. 김남식 박사의 치부가 드러나면서 WH그룹에 해가 생길까 봐 그만둔 거겠죠."

"그래! 그 인간이 한 일들 때문에 손 뗐다. 기껏 쌓아놓은 이미지를 버러지만도 못한 인간 때문에 잃었어야 했느냐!"

"김남식 박사와 발굴 사업은 별개로 치부하셨어야죠!"

"그 일을 시작한 인간이다. 떼어놓고 생각할 수 없었어!"

"그것만을 믿고 일했던 사람들은요? 배 서방 마음만 돌리면 된다고 생각하셨어요? 그래서 배 서방한테 그 사람들 설득하라고 하셨나요? 그이가 동료들 포기하고, 꿈 버릴 사람 같았어요?"

"그 일의 책임은 김남식 그놈에게 있어! 지금도 그놈 생각하면 교도소에서 빼내 와 살아 있는 걸 후회하게 만들어주고 싶다. 그 일에 관련된 다른 사람을 무시한 게 아니야! 네 남편만이라도 사람 구실 할 수 있게 하려던 거다!"

"그래서 저랑 결혼할 거면 일에서 손 떼고 WH로 들어오라 하셨나요? 그 사람에겐 평생 그 일밖에 없었어요!"

"……."

"그 사람 평생 꿈이었고 그것만을 위해 살았던 사람이에요. 아버지라면 김남식이 했던 만행들, 그 일과 관련짓지 않을 수 있었잖아요."

"……."

"그 인간! 저도 매일 밤 죽이고 싶을 정도로 싫어요. 하지만 발굴 사업을 하던 사람들은 그게 아니잖아요. 그 일이 중단되었을 때, 남편과 그 사업에 매진했던 사람 모두 꿈을 잃은 거라고요!"

알 듯 말 듯한 대화였다.

정말 아침드라마를 보는 듯한 느낌이었는데, 어머니께서 저렇게 흥분하신 모습은 처음이다.

요약하자면 문제는 김남식이라는 인간에게 있었던 듯하다.

아마 아버지가 참여하고 있던 일의 대표가 김남식이었고 그가 뭔가 잘못을 저질렀는데, 외할아버지는 WH그룹의 이미지를 지키기 위해 사업을 중단했던 것 같다.

김남식이란 인간을 증오하는 건 같은 생각이지만 어머니께선 졸지에 실직자가 된 이들을 설득하는 방법으로 똑같이 꿈을 잃어버린 아버지를 '이용'하려던 것에 화가 나신 것 같다.

'아버지의 성격상 함께 일했던 동료들에게 차마 꿈을 포기하자고 말할 순 없었을 테니까.'

그렇게 갈등이 시작된 것 같다.

"이제 와서 뭘 어쩌시려고요? 왜요? 손주 얼굴은 보고 싶으셨나요? 아니면 그 잘난 회사 맡아줄 사람이 필요했나요? 그이 마저도 모자라 내 아들 꿈마저 뺏으려고요?"

필사적으로 소리치는 어머니께서 내 손을 잡고 일어섰다.

"내 목에 칼이 들어와도 도빈이는 안 돼요. 가자, 도빈아."

어머니에게 이끌려 일어서려는데 외할아버지가 다급히 외쳤다.

"진희야!"

어머니는 그 말을 무시하셨다. 어머니의 손에 이끌려 걷는 도중, 외할아버지가 고개를 푹 떨어뜨리는 모습을 보았다.

건물에서 나와 급히 택시를 잡은 어머니는 덜덜 떨고 있었다.

택시에 타자마자 왈칵 눈물을 쏟은 어머니께서 너무나 위태로워 보였기에 눈물을 닦아드리자.

나를 꽉 끌어안으셨다.

“괜찮아. 엄마 괜찮아. 놀랬지?”

무슨 말을 해드려야 좋을지 몰라, 고개를 젓고 어머니를 꽉 안아드렸다.

숙소에 도착하고.

어머니께서는 베란다에서 누군가에게 전화를 걸었다. 아마 아버지일 거라 생각하면서 화장실에서 세수를 하는데 뭔가 웅웅거렸다.

‘뭐지?’

요란하게 떨리는 주머니를 더듬으니 조금 전 외할아버지가 준 핸드폰이었다.

뭔지는 잘 모르겠지만 대충 어머니가 쓰는 걸 따라 해서 화면에 손가락을 대니 무엇인가가 와 있었다.

[내일 다시 찾아가마. 푹 자거라.]

아마도 외할아버지가 보낸 메시지일 터.

무슨 일로 다시 찾아오려는 건지 알 수 없지만 어머니의 반웅을 보아서는 그리 좋은 만남이 될 것 같지 않다.

'회사를 맡아줄 사람?'

어머니께서 하신 말씀 중에 한 구절이 떠올랐다.

'상속인가.'

가업이라고 한다면 맡아줄 사람이 필요할 텐데, 내가 알기로 어머니께서는 형제가 없으시다. 장녀이자 독녀인데 사이가 저리 틀어졌으니 어쩌면 정말 어머니 말씀처럼 그런 이야기 때문에 찾아왔을지도 모르겠다.

'세상 참.'

문득 조카 카를의 양육권을 두고 싸웠던 예전 일이 떠올랐다.

남성편력이 심했던 요한나에게 카를을 맡길 수 없었던 것이 가장 큰 이유였지만, 나도 요한도 자식이 없었기에, 베트호펜 가문을 이을 사람은 카스파의 아들 카를뿐이었다.

비록.

카스파가 허락도 없이 내 습작을 가져다 팔거나 멋대로 출판사를 바꾸어 흠씬 두들겨 패주었지만.

그런 못난 동생이지만.

결핵에 걸려 죽기 직전까지 아내와 함께 아들을 보살펴 달라고 부탁했던 녀석을 저버릴 수는 없었다.

그러나 카스파의 아내 요한나는 부유했던 친정 탓인지 낭

비가 심했고. 지참금으로 가져온 저택과 거금마저 금세 탕진, 남자까지 갈아치우니, 도저히 카를을 요한나 아래서 자라게 할 수 없었다.

무려 4년.

멍청하고 영혼도 없는 요한마저 자식이 없었기에.

베트호펜 가문을 위해서라도.

한 아이의 미래를 위해서라도 나는 카를을 반드시 데려와야만 했고, 결국에는 데려왔다.

내가 죽은 뒤 녀석이 어찌 살았는지는 알 수 없지만.

"……."

어쩌면.

외할아버지도 그때의 나처럼 필사적일지도 모른다고 생각했다.

♪

"도빈아, 어디 가니?"

"푸르트벵글러한테요. 밥도 먹고 올게요."

"너무 늦게 돌아오면 안 된다?"

"네."

어제 어머니의 반응을 봐서는 외할아버지와 만나는 걸 허락하실 리 없기에 대충 둘러대고 나왔다.

조금 걷자 어제와 조금 다른 차가 보였다.

제법 멋스럽다.

가까이 다가가자 창문의 아래로 내려갔고, 할아버지를 볼 수 있었다.

"안녕하세요."

"그래. 잘 잤느냐."

무슨 일이 있었는지는 모르겠지만 적어도 내게는 할아버지일 뿐이다. 손주를 바라보는 모습에 거짓은 없어 보였다.

"타거라. 맛있는 거 먹으러 가자."

"엄마 몰래 나온 거라 멀리 가는 건 안 돼요. 저기 공원에 카레 소시지 맛있는데 그거 사주시면 안 돼요?"

할아버지가 웃으며 고개를 끄덕였다.

"음. 확실히 괜찮구나."

"카레가 들어간 건 다 옳아요."

공원 벤치에 나란히 앉아 카레 소시지를 먹었다.

역시 소시지 하면 독일이 최고다. 툭 하고 베어 물면 육즙이 터지고 거기에 카레까지 더하니 맛이 없을 수가 없다.

♪

여섯 살 손주 녀석이 소개한 노점상은 제법 실력이 있었다.

이렇게 벤치에 앉아 음식을 먹는 것은 처음이지만 손주와 함께하니 색다른 경험으로 다가왔다.

적당히 배를 채웠겠다. 슬쩍 운을 띄웠다.

"도빈아."

"네."

"꿈이 있느냐."

"그럼요."

"무엇이냐."

"멋진 교향곡을 만들 거예요. 지금까지의 음악을 모아 완벽한 곡을 만드는 거예요."

음악가가 되고 싶다는 말을 예상했는데, 조금 다른 대답이 나왔다. 이번 기회에 손주 녀석에 대해 알고 싶어 한 번 더 물었다.

"완벽한 곡?"

"네. 그래서 그 음악을 들은 사람들이 다음 음악을 만들어 갈 수 있도록 길을 열어주는 거예요."

"그럼 완벽한 곡이 아니지 않느냐."

다시 한번 묻자 손주 녀석이 고민하는 듯하여 잠시 기다려 주었다.

그러자 전혀 생각하지 못했던 말을 꺼냈다.

"그레고리안 찬트는 그때까지 있었던 모든 성가를 집대성해 정리한 거예요."

어린아이가 제법 어려운 말을 쓴다.

"바흐는 세상에 떠돌던 음을 정리해 후대 사람들이 자유롭게 쓸 수 있도록 했고요."

"……."

"모차르트는 바흐가 만들어 정리한 음을 어떻게 써야 하는지 알려주었어요. 클래식이라 불리는 여러 형식들이요."

"흐음."

"다들 각자의 시대에선 완벽한 음악이었고, 후대 사람은 그것을 보고 또 새로운 길을 개척해 나갔죠. 저는 지금 이 시대에서 그 일을 할 거예요."

어린아이라서 꿀 수 있는 꿈일까.

이제 갓 여섯 살인 아이가 시대를 만들어갈 거라 말하는데 이 늙은 가슴이 뛰는 듯했다.

단순히 바이올리니스트, 작곡가가 되고 싶다는 게 아니라.

음악을 하고 싶다.

시대를 만들고 싶다는 구체적인 꿈을 가진 이 아이는 분명 다른 아이와 다르다.

"할아버지가 도와줄 수 있을까?"

도빈이가 나를 올려다보았다.

"좋은 선생님을 소개해 줄 수 있고 좋은 학교에 보내줄 수도 있단다. 그 어떤 악기보다 좋은 것을 줄 수 있어. 할아버지, 부자거든."

돈을 좋아한다기에.

좀 더 좋은 환경에서 음악을 하고 싶다기에 말했는데, 다시 한번 의외의 대답을 들려주었다.

"괜찮아요."

"할아버지가 도와주면 편할 텐데?"

"저도 돈은 좋아하지만 돈이 목적은 아니에요. 필요한 건 벌어서 사면 돼요. 저는 그 돈 벌 수 있어요."

용돈을 쥐여주면 수줍게 받거나, 그 의미조차 제대로 모를 나이일 텐데.

나를 보는 저 곧은 눈빛에 가득한 자긍심은 무엇이란 말인가.

"음악을 하려면 돈이 많이 필요할 거란다. 돈을 벌 시간조차 아깝지 않겠느냐?"

"연주회를 하든 앨범을 만들어 팔든 그 과정도 음악을 하는 거니까요."

"지금 당장 좋은 바이올린을 살 수는 없지 않느냐. 연주회도 하면서 좋은 바이올린을 사면 더 좋지 않을까? 할아버지가 말하는 좋은 환경은 그런 뜻이란다."

"좋은 환경은……."

나를 보던 도빈이가 고개를 돌려 멀리, 정면에 시선을 두었다.

"제게 좋은 환경은 엄마랑 아빠예요. 누구보다도 저를 사랑해 주시고 저도 두 분을 누구보다도 사랑하거든요."

"……."

"베를린 필하모닉이나 사카모토 료이치, 히무라 같은 사람이 제게 좋은 환경이지 누군가에게 돈을 받아 편하게 사는 게 좋은 환경은 아니에요, 할아버지."

이 아이는.

"카레 소시지 맛있었어요. 잘 먹었습니다."

이미 성인이다.

저 작은 몸에 깃든 영혼은 그 무엇보다도 고결하다.

사업을 하며 수도 없이 많은 사람을 봤지만 이토록 나를 감화한 이는 없었다.

'이미 알고 있었던 것인가.'

아마, 내가 무슨 말을 하려는지 이미 알고 있었던 것 같다.

하나뿐인 손자가 제대로 못 살고 있어 안타까웠는데, 정작 그 손자가 내게 더 이상 어떤 말도 못 꺼내게 했다.

떼를 쓰는 것도 아니고.

엄마 뒤에 숨어서도 아니고.

당당히 나와 마주하고 자신에 대해 설명하면서 홀로 괜찮다고, 더는 자신과 가족을 떨어뜨리지 말라고 말한 것이다.

"그럼 가볼게요. 조심히 돌아가세요."

아장아장 돌아가는 도빈이에게 물었다.

"도빈아."

"네."

녀석이 돌아섰다.

"바흐와 모차르트에 대해선 말했으면서 베토벤에 대해서는 말하지 않았구나. 베토벤은 어떤 음악을 남겼는지 할애비한테 가르쳐 주겠느냐?"

잠시 고민하다가 그 작은 입이 내 고개를 끄덕이게 했다.

"아직 모르겠어요."

그 답을 찾을 때쯤이면.

내 손주는 역사와 세계가 인정하는 음악가가 되리라.

"아!"

그렇게 흐뭇한 생각에 빠져 있는데 저만치 걸어간 손주가 크게 소리를 쳤다.

"핸드폰은 주신 거니까 잘 쓸게요!"

"하하하하! 그래!"

녀석.

자기 물건 챙길 줄도 알고, 배포도 있고 사업을 했으면 딱인데 말이야.

'진희가 아들 교육 하나는 잘했구나.'

♪

"다녀왔습니다."

"도빈아!"

숙소에 들어서자마자 깜짝 놀라고 말았다. 어머니께서 잔뜩 화가 나셔서 현관으로 달려오셨기 때문이다.

"네, 네."

"대체 어디 갔었니. 응?"

"푸, 푸르트벵글러……."

변명을 하려는데 어머니께서 정말 나를 노려보고 계시기에 입을 다물었다.

"엄마가 점심 같이 드시라고 사과파이 만들어 갔는데 푸르트벵글러 할아버지는 도빈이 왔다 간 적 없다고 하던데?"

망했다.

"도빈이 엄마한테 거짓말한 거야?"

"그, 그게……. 끄악!"

어머니께 이끌려 또다시 어머니의 무릎에 배를 대고 말았다.

찰싹! 찰싹!

"악! 자, 잘못했어요!"

"좀 컸다고 엄마한테 거짓말이나 하고. 어디 갔었어!"

급히 떠오른 변명이 없어 말해선 안 되는 것만 빼고 말했다.

"카레, 카레 소시지 먹으러 공원에 갔었어요."

"또또! 엄마가 그런 거 먹으면 몸에 안 좋다고 했지? 엄마 속상하게 왜 그래 정말! 길 잃어버리면 어쩌려고!"

"그럴 리가 없."

찰싹! 찰싹!

"악!"

어제 그런 일이 있었기 때문에 잔뜩 예민하시고 또 걱정도 많이 하셨겠지만.

정말. 너무 아프다.

나이 육십에 엉덩이를 맞다니.

"잘못했어, 안 했어!"

찰싹!

"잘못했어요!"

이런 굴욕이 없다.

• 14악장 •

6살, 안녕

우레와 같은 박수 소리가 사방에서 울렸다.

이제 사람들은 위인을 인식하기 시작했다.

이 곡은 숲속의 전나무처럼 강인한 힘을 전달한다.

그의 이름이 홀에 울려 퍼졌다.

드보르자크! 드보르자크!

-뉴욕 헤럴드 기사 中

단풍이 떨어질 무렵.

베를린 필하모닉과 여덟 차례의 협연을 한 나는 독주 파트를 줄여나가기로 했다.

시간이 가장 큰 문제였는데.

제2바이올린 역할을 함께하기에는 아무래도 몸이 남아나질 않을 것 같았다.

더군다나 한 가지 일을 더 준비하고 있었기 때문에 몸이 두 개가 아닌 이상 일정을 소화할 수 없었고, 푸르트벵글러와 상의 끝에 독주를 하지 않기로 결정했다.

"세상에. 이게 다 뭐야?"

"공부 중이에요."

내가 죽고 난 뒤에 활동한 음악가들의 교향곡 악보를 살피고 있는데, 이승희가 들어왔다.

"이거 네가 다 체크한 거니?"

집중하고 있었기에 더는 방해하지 말라는 뜻으로 고개만 끄덕였는데 이승희가 나를 들었다.

"아."

악보가 멀어진다.

"끄응. 너 진짜 많이 컸구나? 이제 드는 것도 힘들다."

"왜요?"

"돌아갈 시간이야. 엄마가 기다리셔."

시계를 보니 벌써 저녁 시간이 다 되었다. 집중하고 있다 보니 어느새 해가 진 것도 모르고 있었던 모양이다.

"그렇게 엎드려서 있으면 나중에 축농증 생긴다? 눈도 나빠지고."

"네."

축농증이 뭔지는 모르겠지만 몸 건강의 중요성은 절실히 느꼈기에 다음부터는 책상에 앉아야겠다고 생각했다.

"여기."

대충 악보를 챙기는데 이승희가 옆에서 도와주면서 한마디 했다.

"정말 너 대단하다. 점심 먹을 때 빼곤 못 봤는데, 설마 계속 여기서 이거 하고 있었던 거니?"

"그런데요?"

이승희가 잠시 뭔가를 생각하던 것 같더니 다시 물었다.

"설마 이번 주 내내 이러고 있었던 거야?"

아마 이번 주 연습을 안 나갔던 걸 떠올린 모양.

고개를 끄덕이니 한숨을 푹 내쉰다.

"음악도 좋지만 다른 경험도 많이 해봐야 해, 도빈아."

"다른 거 뭐요?"

"글쎄……. 만화 안 좋아하니?"

한때 안경 쓴 펭귄에게 영혼을 빼앗긴 적이 있었지만 졸업한 지 오래다.

"네. 유치해요."

"그럼 게임은?"

사촌형 배영빈이 하는 걸 본 적은 있는데 정신이 사나워서 뭐가 뭔지 모르겠던 기억이 났다.

"정신 사나워서 안 좋아해요."

"그럼 보통은 뭐 해?"

"보통?"

"쉴 때나 놀 때?"

쉴 때라.

예전에는 하던 게 꽤 많다.

산책을 한다든가 아침에 커피를 타 마신다든가 요리를 한다든가 말이다.

그러나 어머니께서, '혼자 다니면 위험해'라든지 '커피는 커서 마시는 거란다' 또는 '요리는 칼이랑 불을 써야 하니 나중에 하자?'라는 식으로 원천봉쇄하고 계시기에 지금은 꿈도 못 꾸는 형편이다.

"바이올린 켜요."

"바이올린 말고."

"피아노?"

"어휴. 이 음악 바보."

지나가는 것처럼 말했지만 방금 이승희가 무척 심한 말을 한 것 같다.

"바보 아니에요. 천재예요."

"그래. 그래. 너 잘났다~"

뭔가 대단히 기분이 나빠 노려보자 이승희가 또 한 번 한숨을 내쉬더니 갑자기 진지한 표정으로 나와 눈높이를 맞췄다.

"도빈아, 어릴 때는 좀 뛰어 놀고 그러는 거야. 친구 소개해줄까?"

"세프가 있으니 괜찮아요."

뭐가 잘못되었는지 이승희가 이마에 손을 얹었다.

"아…… 그래. 세프도 친구지만 음악 바보 두 사람이 만나봤자 음악 이야기밖에 안 하잖아. 누난 도빈이가 다른 것도 많이 경험해야 한다고 말하는 거야. 그래야 곡을 쓸 때도 더 잘 써질걸?"

그럴 듯한 말이라 고민해 보고 있는데 문득 푸르트벵글러와 음악 이야기만 하는 게 아님을 떠올렸다.

"음악 이야기만 하는 거 아닌데요?"

"그래? 그럼?"

"웃긴 이야기요."

"웃긴 이야기? 세프가?"

이승희가 눈을 동그랗게 뜨고 되물었다.

뭔가 많이 놀란 표정이다.

"박건……. 뭐였지. 아무튼 한국에 친구가 있는데 그 사람한테 배운 농담이래요.”

“박건? 박건호 피아니스트?”

“그런 이름이었던 것 같아요.”

“무슨 이야기인데?”

“양이 전쟁을 하면?”

“어?”

“양이 전쟁을 하면?”

“글쎄?”

“워메 워메.”

“…….”

‘안 웃긴가.’

푸르트벵글러와 이야기할 때는 둘 다 완전 뒤집어졌는데, 이승희에게는 재미없는 모양이다.

“프랑스인이 빨래를 널면서 하는 말은?”

“…….”

“마르세유.”

“…….”

“…….”

말없이 눈을 마주치고 있던 이승희가 일어서면서 중얼거렸다.

“대체 애한테 무슨 짓을 하는 거야. 애 다 배렸네. 아재개그도 적당히 해야지. 할배개그네, 할배개그.”

이승희는 웃음에 박한 듯하다.

♪

"다녀왔습니다."

"어서 오렴~"

들어오자마자 위생을 위해(TV에서 봤는데 손을 씻는 것만으로 감기에 덜 걸린다고 한다) 세면대에서 손을 씻는데 어머니와 이승희의 대화 소리가 들렸다.

"어머."

"정말이지 그 아저씨가 도빈이 다 버린다니까요?"

"안 그래도 어디서 들었나 싶었어요. 글쎄 저번에 무가 울면? 이라고 하기에 뭐냐고 물으니 무뚝뚝이라는 거예요."

"풉."

"……."

"아, 죄송해요. 아무튼 도빈이한테 나쁜 영향을 끼치고 있다니까요? 제가 내일 한마디 할게요."

"그런 걸 가지고 뭘요. 도빈이도 재밌어하던걸요."

"정말 걱정이에요. 그렇게 귀여운데 음악 얘기 말고는 다 아저씨 같아서. 커서도 저러면 어떡해요?"

"아하하. 그이도 숙맥이었어요."

몰래 듣는 건 좋지 못한 행동이지만 뭔가 기분이 나빠지는 대화다.

밤하늘의 별을 따다 준다는 로맨틱한 멘트로 얼마나 많은 여성의 가슴을 설레게 했는지 어머니와 이승희는 모를 거다.

"잘 먹겠습니다."

"잘 먹겠습니다."

"많이들 먹어요."

최근에는 나와 어머니 그리고 이승희 세 명이서 식사를 하는 경우가 잦아졌다.

보통 아침에 이승희가 차를 끌고 와 나를 태워 출근했고.

돌아올 때도 같이 오다 보니 어머니께서 답례 차원에서 저녁을 차려주셨는데, 이승희는 어머니의 솜씨가 마음에 드는지 먹을 때마다 감탄했다.

"어머. 이거 정말 제육볶음 맞아요? 너무 맛있어요."

"다행이네요. 아주버님 댁에서 보내주신 고추장으로 한 건데 입에 맞나 봐요?"

"네. 진짜. 진짜 너무 맛있어요, 언니. 아."

"풋."

"말이 헛나와서……. 죄송해요."

"아니. 한 번 언니라 했으면 계속 언니지. 안 그래, 도빈아?"

뭔지 몰라도 어머니 말씀은 옳기에 고개를 끄덕이자 어머니가 이승희를 보며 웃었다.

"많이 먹어 동생~ 괜찮지?"

"네. 그럼요."

독일에서 어느덧 다섯 달.

내가 베를린 필과 친해진 것처럼 어머니도 잘 적응하고 계신 듯하다.

♪

저녁을 먹고 다음 날.

그다음 날에도 나는 교향곡 악보를 살피는 데 집중했다.

신중할 수밖에 없었는데 푸르트벵글러와 베를린 필하모닉이 내게 '지휘'할 기회를 주었기 때문이었다.

상임 지휘자가 멀쩡히 있는데 다른 사람에게 지휘봉을 넘겨주는 것조차 말이 안 되고.

자신들이 직접 선출한 지휘자가 아닌 이의 지휘를 받는 것을 꺼려하는, 그런 자존심으로 똘똘 뭉친 그들이 내게 그러한 기회를 준 것이다.

명목은 이별.

내 귀국 날짜가 좀 더 앞당겨졌기 때문이다.

그간 잘 몰랐는데 사무국장 카밀라로부터 여러 이야기가 들어오면서 더 이상 베를린 필하모닉에서 함께 있을 수만은 없게 되었다.

'베를린 필이 마음에 들면 거기 있어도 좋겠지만 도빈 군은 아직 경험하지 못한 일이 너무도 많지 않나. 시야를 넓히게.'

사카모토 료이치의 조언이 옳았기에 나는 12월부터 내 앨범 관련 일정을 소화하기 위해.

그리고 몇몇 곳에서 의뢰받은 일을 처리하고자 베를린 필과 이별하기로 했다.

그 사실을 전해 들은 푸르트벵글러와 베를린 필하모닉은 내게 너무도 큰 선물을 준비했고.

그것이 바로 11월 정기 연주회에서의 단 한 곡을 지휘하는 일이었다.

이렇게 빨리, 그것도 세계 최고 수준의 관현악단을 지휘할 수 있는 기회를 맞이할 줄은 생각지 못했고. 아쉬움만큼이나, 오랜 시간 기다려 왔던 만큼이나 최선을 다해야겠다는 생각뿐이었다.

그리하여 일주일간 악보를 탐독한 끝에, 하나의 곡을 선정해 보여주었는데, 푸르트벵글러가 만족스럽게 고개를 끄덕였다.

"네가 좋아할 줄 알았다."

안토닌 레오폴트 드보르자크의 9번 교향곡 E단조.

신세계로부터(Z nového světa).

체코라는 나라의 작곡가가 만든 이 곡은 내 눈을 사로잡고 말았다.

사실 내 교향곡 중에서 고를까 싶다가 그것은 내가 온전히 한 오케스트라의 지휘자가 된 뒤에야 의미가 있을 것 같았기에 다른 곡을 찾았는데.

그중에서도 이 드보르자크의 E단조 교향곡. 그 활기 넘치는 멜로디가 격렬하게 이어지는 전개에 푹 빠져 버리고 말았다.

형태도 음색도 음의 배치도 모두 흥미로운 발상이다.

마치 정말 새로운 세계를 접한 것만 같았다.

"빈 고전파의 영향을 완전히 벗어난 최초의 작곡가지."

푸르트벵글러가 드보르자크에 대해 짧게 설명했다.

"흑인 음악, 스코틀랜드의 민요처럼 그때까지와는 다른 방식을 취했단다. 여기. 이 부분이 재밌지?"

"맞아요."

푸르트벵글러가 가리킨 곳은 첫 번째 주제가 표시된 지점이었다.

"스카치 스냅. 스코틀랜드 당김음이라고 한단다."

보통의 점리듬과 반대인데.

주제만이 아니라 여러 부분에서 사용되고 있었다.

"싱코페이션이라고 하지. 잘만 사용하면 아주 진취적인 느낌을 준단다. 봐라."

푸르트벵글러가 피아노로 해당 부분을 연주했다.

박자에 긴장과 이완을 주는데, 확실히 세련된 방식이라는 생각이 들었다.

싱코페이션(Syncopation: 당김음).

나 역시 자주 사용하던 방법인데 드보르자크는 그보다 좀 더 적극적으로 사용했다.

"흐음."

"왜요?"

"건들 곳이 없구나."

"그럼?"

"바로 연습에 들어가 보자. 이런 드보르자크라니, 기대되는구나."

푸르트벵글러의 말에 가슴이 뛰었다.

지휘자의 입장에서 바라보니, 베를린 필하모닉의 콘서트마스터 니아 발그레이의 우수함을 확실히 알 수 있었다.

사실 니아 발그레이 말고도 네 명의 콘서트마스터가 더 있는데 사람들은 그들을 묶어 폭군 빌헬름 푸르트벵글러의 아이라고 불렀다.

베를린 필하모닉이라는 제국의 중추.

그중에서도 니아 발그레이는 바이올린 연주에 있어서는 내가 알던 그 어떤 연주자보다도 뛰어났다.

'캐논'의 주인이라고 하는데.

니아 발그레이의 충실함과 캐논의 우렁찬 울림이 어울리면 가슴이 폭격당한 듯해 그와 함께할 수 있다는 사실에 더없이 기뻤다.

더욱이 그는 연주자로서의 재능만을 갖춘 것이 아니었다.

콘서트마스터, 즉 악장은 지휘자와 단원을 잇는 가교이자 지휘자의 대리인이며 또한 오케스트라의 중심. 그 맡은 역할이 너무나 많고 중요하기에 나는 연습이 끝나면 니아 발그레이와 몇 차례 따로 미팅을 가졌는데, 곡에 대한 이해와 표현법에 대해서는 정말 푸르트벵글러의 수제자다웠다.

"그러니까 여기서는 음색을 조금 달리하고 싶다는 거지?"

"네. 활의 윗부분을 가볍게 눌러주면 좋을 것 같아요. 이렇게."

바이올린으로 직접 연주를 하며 대조해 주니 니아 발그레이가 고개를 끄덕였다.

그렇게 삼십 분 정도가 흐르고 나서 오늘 연습을 정리할 수 있었다.

"데려다줄까?"

"괜찮아요. 오늘은 카밀라가 데려다주기로 했어요."

"또 야근이신가. 다들 고생이네. 그럼 내일 보자."

"네."

손을 흔들어 니아 발그레이를 배웅하고 사무국으로 향했다.

♪

11월 첫 번째 연주회를 준비하던 베를린 필하모닉의 단원들이 펍에 모여 맥주를 기울이고 있었다.

처음에는 가볍게 시작한 자리였는데 어느새 단원들이 몇십 명이나 모이고 말아 펍 안을 가득 채우고 말았다.

"크으. 빌어먹을 꼬맹이."

"뭐야. 도빈이를 말하는 거야?"

"그래! 뭐, 꼽냐!"

그중 벌써부터 거나하게 취한 바순 수석 마누엘 노이어가 맥주를 들이켠 뒤 말했다.

"멋대로 왔다가 금방 가버리는 경우가 어디 있냐고. 악장, 그 꼬맹이 정말 어떻게 안 되는 겁니까?"

마누엘 노이어의 말에 니아 발그레이가 고개를 돌렸다.

"네. 복잡한 것 같습니다. 시민권이라도 얻으면 모르겠지만. 대한민국은 군대 등 여러 문제로 복잡하다고 하더군요. 도빈이 부모님도 국적을 바꾸는 것을 원하지는 않으시고요."

“쳇. 그 꼬맹이를 두고 군대 이야기라니.”

답답한 마음에 대한민국에 대해 잘 모르는 남자는 다시금 맥주로 속을 달랠 뿐이었다.

“그나저나 도빈이 생각보다 깐깐하던데요? 귀도 좋고. 바이올리니스트로서가 아니라 지휘자가 더 어울리는 거 아니에요?”

“호호. 그 꼬맹이가 귀신같긴 하지. 나도 모르던 버릇 같은 게 있었는데 갑자기 알려주는 거야. 빠르게 연주하게 되면 손가락에 무리가 갈 거라고.”

“나도. 살짝 느리게 시작했는데 정말 신기하게 찾더라니까.”

“그건 네가 전날 술 퍼마셔서 그런 거 아니야. 이 알코올 중독자야.”

“뭐야?”

“하하하!”

“어린 녀석이 말은 또 얼마나 잘하는지.”

“하하하하. 그래. 옆에서 좋알좋알 떠드는데 아주 질릴 지경이지.”

“하지만 모두 맞는 말이지.”

“그래서 그 빌어먹을 꼬맹이가 짜증 난다는 거야. 악마 같은 놈.”

“하하하하하!”

오랜만에 함께하는 자리라 실없는 말과 농담으로 화기애애

했던 분위기가 잠시 가라앉았다.

모두 배도빈과 헤어지게 됨을 슬퍼하기 때문이었다.

여름에 찾아온 어린 배도빈은 그간 베를린 필하모닉의 활력소였다.

실력이 정점에 이르고 다소 정적이었던 악단은 배도빈이 들어오면서 움직이기 시작했다. 교향곡에 독주 파트를 새로 작곡해 연주하는 기괴하고 대범한 방식이라든가.

악기 배치를 바꾸는 일이라든가(이 일은 결국 홀 중심에 무대가 있는 베를린 필하모닉 콘서트홀에서는 그 효과가 미미했지만) 하는 재밌는 일이 많아졌다.

또 기존 연주 레퍼토리 내에서도 조금씩 다른 시도가 있었는데, 기존 푸르트벵글러와 맞추었던 것과 다른 부분이 몇 있었다.

마치 푸르트벵글러가 배도빈에게 영향을 받는 듯 말이다.

그러나 그러한 크고 작은 변화들이 모두 연주에 긍정적인 영향을 미친다는 것을 모를 사람들이 아니었다.

"천재 아닐까?"

"이제 와서 무슨 새삼스럽게."

"아니, 너무 잘하잖아. 우리 중에 천재 소리 안 들어본 사람이 어딨어. 하지만 단언하건대 도빈이만큼은 뭔가 다르다 생각해. 분명 뭔가 달라."

"그러고 보니 저도 비슷한 경험을 하고 있습니다."

"악장?"

"여러 지휘자를 접하지는 못했습니다만 도빈이는 조금 다릅니다."

앞에 놓인 에일을 한 모금 마신 뒤 니아 발그레이가 말을 이어나갔다.

"보통은 부드럽게, 풍성하게처럼 조금 모호한 말을 요청받곤 합니다. 그럴 때마다 제가 판단해 바꾸었죠. 보잉이라든가."

"흠."

"그러나 도빈이는 한 번도 그렇게 요청하지 않았습니다. 보다 정확하죠. 예를 들어 오늘 같은 경우에는 1악장의 흐흐흐흠~ 이란 부분을 연주할 때 활의 윗부분을 조금만 더 눌러 달라고 하더군요."

"디테일하구만."

"그렇습니다. 도빈이는 곡을 해석하는 능력만 뛰어난 게 아니라 정말 작은 세세한 부분까지 신경 씁니다. 악장으로서는 참 편한 지휘자죠. 아니, 까다롭다고 해야 하나요. 하하."

"하하하! 내가 뭐랬어. 그 녀석은 악마라니까. 악마. 조금만 실수가 나도 집어내서 꼭 말한다니까?"

다들 고개를 끄덕였다.

악평이 아님을 잘 알고 있기 때문이었다.

"네. 정말 대단한, 악마가 내린 재능이라 생각합니다."

♪

본래도 많은 사람이 찾는 베를린 필하모닉의 공연이지만 오늘은 유독 인파가 몰려들었다.

두 곡의 교향곡으로 영화 음악사에 길이 남을 발자취를 남긴 작곡가이자 바이올리니스트로서 그 실력을 입증한 천재 배도빈이 처음으로.

그것도 베를린 필하모닉에서 드보르자크의 9번 교향곡 <신세계로부터>를 지휘한다고 알려졌기 때문이었다.

각 언론사와 잡지 기자들은 물론이고 세계 각국에서 유명 인사들이 대거 방문하면서 이 공연에 대한 기대치는 날로 높아졌다.

그리고 공연 당일.

'세계의 사카모토'라 불리며 지난 수십 년간 세계 최고의 음악가로 활동한 사카모토 료이치와 로스앤젤레스 필하모닉의 총감독 토마스 필스가 베를린 필하모닉 콘서트홀에 등장하자 기자들은 카메라 셔터를 누르기 바빴다.

"마에스트로 사카모토! 제자 배도빈 군이 지휘자로서 처음 활동하게 되었습니다. 감상 한마디 부탁드립니다!"

"도빈 군과 전 사제 관계가 아닙니다. 함께 음악을 하는 친구이자 동료죠. 오늘은 무척 기대하고 있습니다."

사카모토 료이치의 대답에 기자들이 술렁였다.

자신들이 알고 있던 정보가 사실이 아니라는 데서 오는 충격이 아니라, 저 거장 사카모토 료이치가 고작 다섯 살 아이를 동료라 표현했다는 점이 문제였다.

수많은 관계자가 배도빈의 음악을 극찬한다지만, 실제 기자들은 배도빈이 얼마나 대단한 인물인지 잘 알지 못했다.

클래식 음악을 전문적으로 취재하는 기자들이야 인지하고 있지만, 아직 일반 기자들은 배도빈을 그저 주목받는 신동 정도로 인지하고 있었기에 이미 살아 있는 전설, 사카모토 료이치의 발언에 놀란 것이다.

어쩌면.

베를린 필하모닉이 단순히 홍보성 퍼포먼스로 이런 기획을 한 것이 아니라는 생각이 그런 그들의 머리에 생겨났다.

베를린 필하모닉 콘서트홀이 빈자리 없이 채워졌다.

곧 단원들이 나와 자리에 앉았으며 오늘 공연의 콘서트마스터 니아 발그레이가 연주자 중 가장 늦게 무대에 발을 디뎠다.

니아 발그레이가 오보에 수석에게 시선을 주었고 곧 그가 A음을 냈다. 이내 단원들이 지시에 따라 그 음에 맞추어 악기를 마지막으로 점검하기 시작했다.

이미 조율은 끝나 있었다.

굳이 오보에가 내는 A음으로 이러한 과정을 거치지 않아도 음을 맞출 수 있는 방법은 많았다.

그러나 관악기가 먼저 튜닝을 하고, 오보에 수석이 다시 A음을 낸 뒤, 현악기가 그것을 맞추는 이 행위는.

마치 곧 위대한 음악가가 나오기 전의 의식과 같았다.

오래된 전통을 지키는 그 움직임은 관중석을 채운 사람들에게 곧 연주가 시작된다고, 새로운 위대한 음악가를 맞이할 준비를 하라고 말하는 듯했다.

이내.

한 아이가 무대 위에 발을 내디뎠다.

배도빈이 나서자, 니아 발그레이가 단원들에게 눈짓을 준 뒤 자리에서 일어났다.

모든 단원이 그를 따라 일어서 지휘자 배도빈을 맞이했다.

"허허. 저 도도한 사람들이 도빈 군을 인정한 모양일세."

로스앤젤레스 필하모닉의 총감독 토마스 필스의 말에 사카모토 료이치는 고개를 끄덕였다.

배도빈는 악장 니아 발그레이와 악수를 나누었고 곧장 지휘대로 올라섰다. 체구가 작았기에 지휘대 위에는 그보다 조금 작은 상자를 두어 계단처럼 한 번 더 올라설 수 있었다.

그곳에 올라선 배도빈은 악단의 연주자들과 눈으로 인사를 나눈 뒤 돌아서 관중석을 정면에 두었다.

이 상황을 마치 즐기는 듯.

잠시 관중석을 살핀 배도빈이 이내 고개를 숙여 인사했다.

박수 소리는 더욱 커졌고 배도빈이 관중석을 등지자, 단원들이 자리에 앉았다.

동시에 박수 소리는커녕 조금의 잡음도 들리지 않았다.

고요한 장내.

'드보르자크라. 좋은 곡이지. 이제 새로운 세계를 보여주리라 말하는 게냐.'

무대 뒤에서 푸르트벵글러 상임 지휘자가 배도빈을 보며 생각했다.

참으로 짧은 시간이었지만, 여름의 배도빈과 지금의 배도빈은 너무나 달랐다.

처음 봤을 때만 해도 이미 한 사람을 훌륭한, 아니, 그가 상대한 어떤 음악가보다 개성이 뚜렷했는데.

묘하게도 빈 고전파의 향수를 냈다.

정말 많은 영향을 끼친 빈 고전파의 향수를 풍기며 뚜렷한 개성을 가지고 있는, 쉽게 이해할 수 없는 아이덴티티.

그것이 오리지널이기에 생기는 느낌이라는 것을 푸르트벵글러는 알 수 없었다.

그런데.

가을의 배도빈은 여름과 또 달라졌다. 보다 현대적이게 되면서 마치 스펀지처럼 베를린 필하모닉을 흡수하고 있었다.

빌헬름 푸르트벵글러의 음악은 물론, 여러 거장들을 말이다.

'그래. 곧 네 세상이 올 것이다.'

그 과정을 지켜본 푸르트벵글러는 확신했다.

이 아이가 정말로 클래식 음악계에 새로운 문을 열어줄 거라고.

언론에서 붙여준 별명처럼 말이다.

배도빈이 눈높이로 팔을 들어 올렸고, 이내.

아름다운 선율이 베를린 필하모닉 콘서트홀을 채워나가기 시작했다.

단원들을 마주한 순간.

객석을 가득 채운 청중이, 그들이 내는 소리도, 이 무대를 기대했던 내 설렘마저 사라졌다.

오직 나와 단원들만이 남은 듯했다.

수석 연주자를 보며 왼손을 주먹 쥐자 금관악기가 호응하듯 1악장을 시작했다.

아다지오(Adagio: 천천히)-알레그로 몰토(Allegro molto: 매우 빠르게).

느린 비가풍으로 시작된 연주는.

이내 격정적인 테마로 이어진다.

두 팔을 굳게 쥐어 가슴 앞으로 뻗었다.

두두두 둥둥-

두둥 빠밤 두두두 둥둥 빠밤.

싱코페이션으로 연주되는 이 진취적 전개!

언제 들어도 가슴 설레게 하는 멋진 테마다.

이어지는 알레그로 몰토.

매우 빠르게 이어지는 음을 여리게 또 여리게.

바순 수석 마누엘 노이어에게 눈길을 주자 그가 호응하듯 그 서정적 음색을 이끌기 시작했다.

박자를 그리고 음색을 그리고 이 아름답고도 격렬한 감정을 소리로 표현하기 위해 제1바이올린, 제2바이올린, 비올라, 첼로, 콘트라베이스.

플루트, 오보에, 클라리넷, 바순.

호른, 트럼펫, 트럼본, 튜바.

팀파니, 트라이앵글이 모두.

나만을 바라본다.

내 손에 의해서만 움직인다.

이 가슴 벅찬 소리를 내기 위해 움직이는 하나의 유기체.

오케스트라.

오직 최선 최고의 연주를 위해 존재하는 음표들의 집합체.

이 순간을 위해 다시 태어난 것일까.

하나의 교향곡이 내 손끝을 통해 완성되어 간다.

마침내 격정에 이르러 마지막 대미를 장식하자.

"브라보!"

마지막 음마저 멀어져가며 객석으로부터 우뢰와 같은 환호가 터져 나왔다.

그제야 나는 본래의 현실로 돌아왔다.

여러 명의 환호와 박수 소리를 듣고서야 다시금 주변을 인식하게 되었다.

너무도 만족스러운 연주였다.

정말 내가 그리던 이상적인 연주와 딱 들어맞았다.

청중들이 보내는 저 열렬한 환호는 언제 들어도 가슴을 벅차오르게 한다.

이 모든 것이 베를린 필하모닉이 나와 함께해 준 덕분.

콘서트마스터 니아 발그레이에게 손바닥을 위로 해 보여, 모두 일어서 함께 이 영광을 누리자 권했다.

그러나 니아 발그레이는 일어나지 않았다.

짝짝짝짝짝!

"브라보! 브라보!"

이 모든 영광을 나만이 받도록 하겠다는 뜻.

천천히 악단들을 둘러보자 다들 입가에 주름이 짙게 생길 정도로 미소 짓고 있었다.

샛별 배도빈의 지휘가 끝나고 각 언론은 분주해졌다.

대체 그 충격적인 연주를 어떻게 표현해야 좋을지 알 수 없었기 때문인데, 영국의 저명한 잡지, 그래머폰은 그를 다음과 같이 평했다.

[17년 만에 초청 지휘자를 들인 베를린 필하모닉]

그의 음악은 마성이다. 그 격렬함은 자신도 모르게 빠져들게 되어 마치 마성처럼 작용하여, 지난 금요일, 베를린 필하모닉 콘서트홀에서 폭발하였다.

지난 여덟 차례 배도빈과 베를린 필하모닉의 협연을 관람했던 나는 이번에 그가 지휘봉을 잡는다는 소식을 듣고 의아할 수밖에 없었다.

마에스트로 빌헬름 푸르트벵글러가 베를린 필하모닉을 장악한 17년간, 그 외 다른 지휘자가 베를린 필하모닉 콘서트홀에 선 일은 없었기 때문이었다.

그런 의문과 기대를 품고 들어선 나는 그리고 장담컨대 모든 청중은 그 압도적인 에너지에 넋을 잃고 말았다.

그 작은 몸은 누구보다도 힘차게 지휘봉을 휘둘렀으며 그의 손짓에서 비롯된 하모니는 지금까지 들었던 그 어떤 〈신세계로부터〉보다 격렬하고 장엄했다.

그간 많은 사람이 배도빈을 샛별로 취급했으나 어제 이후 그들은 그를 수식하는 단어를 바꿔야 할 것이다.

그는 아침을, 새로운 세계가 오고 있음을 알리는 전초가 아닌.

아침이자 태양이다.

-그래모폰 한스 레넌

영국과 독일, 일본 그리고 미국의 주요 언론사는 연일 배도빈에 관련한 기사를 뽑아냈다.

지금까지 제대로 된 연구가 된 적이 없었기에 클래식 음악 팬과 배도빈을 실제로 접한 전문가의 증언이 있을 뿐, 평론가들 사이에서는 크게 다뤄지지 않았기에 그 작업은 더딜 수밖에 없었다.

참고할 자료가 필요한데, 배도빈에 관련한 이야기는 모두 거짓말처럼 들렸기 때문이었다.

그러나 배도빈의 지휘를 직접 들은 권위 있는 거장들이 나서면서 그러한 상황을 반전을 맞이하게 되었다.

[카라얀 이후 최고로 존경한다.]

-사카모토 료이치

[그의 음악은 거부할 수 없다. 듣는 순간 매료되어 함께할 뿐이다.]

-토마스 필스(로스앤젤레스 필하모닉)

[나는 그가 하루 빨리 내 뒤를 이어주었으면 한다. 그것이 베를린 필하모닉을 위한 일이다.]

-빌헬름 푸르트벵글러(베를린 필하모닉)

[충격적이다.]

-파보 예르비앙

그리고 뒤늦게, 실황 촬영 영상이 인터넷에 올라오면서 대한민국에서도 멀리 이국 땅에서 활약하는 어린 천재의 소식을 접할 수 있었다.

몇 달 전까지만 해도 TV에 몇 번 출연한 아이가 어찌된 영문인지 소식이 조금도 들리지 않았는데, 알고 보니 세계 최고의 오케스트라 중 하나인 베를린 필하모닉에서 지휘를 했다는 사실에 사람들은 충격을 받았다.

ㄴ와, 시발. 실화냐. 쌌다.

ㄴ진짜 도랐다. 뭐 이런 애가 다 있냐. 얘 진짜 천재냐?

ㄴ시발ㅋㅋㅋㅋ 베를린 필이랑 협연한다고 해서 천재 한 명 났구나 싶긴 했는데 이건 진짜 못 믿겠닼ㅋㅋㅋ 얘 나중에 사이먼급 되는 거 아니냨ㅋㅋㅋ

ㄴ말이 되는 소리를 해라. 이런 거 전부 쇼야. 여섯 살짜리 애가 지휘는 개뿔. 책이나 읽을 수 있으면 용하지.

ㄴ[링크]

ㄴ유럽이랑 미국 일본에서만 기사 수백 개씩 쏟아지고 있음. 가서 니 눈으로 직접 봐라. 저게 쇼인지.

ㄴ아니, 근데 우리나라는 왤케 정보가 없는데? 기사 안 냄? 기레기들 뭐 함?

ㄴ활동을 안 해서겠지.

ㄴNBC에서 짧게 소개하긴 함.

ㄴ극혐이네. 한국 사람이 한국에서 활동을 안 하고 밖에서만 하네. 돈만 밝히기는.

ㄴ여섯 살짜리 애한테 못 하는 말이 없네, 븅신이.

ㄴ관중석이라고 이필호 기자가 인터넷에 기사 먼저 올림. 다음 달에 잡지로도 나올 듯.

ㄴ우리나라 안에서 클래식 음악하면 굶어죽기 십상이다. 저렇게 나가서 나라 이름 드높이는데 응원은 못할망정 욕이냐? 걍 넌 관심 끄는 게 답인 듯.

ㄴ나 이거 들어봤는데 개별로임. 120번 정도 반복했더니 질림. ㅅㄱ.

ㄴㅁㅊㅋㅋㅋㅋ 올라온 지 이제 일주일짼데 120번? 연주 시간만 44분짜린데?

♪

서울.

재계의 중진이 모여 나누는 사교장에 오랜만에 WH그룹의 유장혁 회장이 참석했다.

이런 일선에서 벗어나 있던 유장혁 회장이었기에 의외였으나 사람들은 곧 한국을 넘어서 세계 최고의 재계 대부 주변에 모여들었다.

"회장님은 여전하십니다. 하하!"

'흐음.'

모두가 그에게 아부를 떨고 있을 때 EI전자의 최우철 사장은 때를 기다리고 있었다.

EI그룹과 WH그룹.

WH전자가 세계 시장을 압도적으로 장악하고 있는 현재, EI

전자만큼은 그나마 경쟁자 포지션을 지키고 있는 유일한 기업이었다.

특히나 스마트폰 사업은 더욱 그러했는데, WH전자가 얼마 전에 선보인 신제품이 단기간에 가장 많은 판매량을 올리며 승승장구하고 있었다.

자존심 강한 최우철이 그것을 용납할 리 없었다.

'저 늙은이를 어떻게 넘어서지.'

그런 생각을 하고 있는데 최우철의 비서, 김 실장이 그에게 다가왔다.

"사장님, 잠시."

"무슨 일이야?"

김 실장의 반응이 심상치 않다는 것을 확인한 최우철이 인적이 드문 곳으로 향했다.

"NBC가 배도빈에 대해 보도했습니다."

"뭐?"

"NBC뿐만 아니라 다른 곳에서도 기사를 준비 중에 있는 것으로 파악했습니다."

"다들 광고 받기 싫대? 갑자기 무슨 일이야?"

"그게 갑자기……."

"자네 내 밑에서 일한 시간이 얼만데 그런 거 하나 제대로 처리를 못 해?"

“죄송합니다.”

“됐고. 내일 한 사람씩 찾아오라 해. 뭔 말 같지도 않은 소리를.”

“그게.”

최우철이 귀찮다는 듯 인상을 썼다.

그 차가운 눈빛에 주춤했던 김 실장은 힘겹게 입을 열었다.

“정말 안 된다고 합니다.”

막대한 양의 광고비를 대주고 있는 EI전자의 요청을 거절할 정도라면 무슨 일이 있었던 모양.

오랜 시간 함께했던 김 실장의 반응을 보니 확실히 무슨 일이 있는 모양이라 생각한 최우철은 짜증을 내며 손을 저었다.

“알겠으니 가봐. 직접 알아볼 테니까.”

‘쓸모없는 놈.’

아들 최지훈을 위해 아비 노릇 좀 하려던 계획이 망가지니 기분이 언짢아졌다.

큰일도 아니고 어린애 한 명 누르라는 건데 그런 일 하나 제대로 처리하지 못하는 김 실장이나, 뭐가 그리 겁이 난다고 난리를 치는 언론사들이나 한심할 지경이었다.

우선은 오랜만에 유장혁 회장과 인사를 나누어야 했기에 최우철은 담배 한 대를 태운 뒤 안으로 들어갔다.

“회장님, 건강하셨습니까.”

“아, 최우철이구만.”

유장혁 회장이 최우철을 부하 직원을 대하듯 불렀다.

'칫.'

그러나 최우철 사장이 EI전자 사장이기는 하나 EI그룹 장병철 회장 일가를 따를 수밖에 없는 입장일 뿐.

유장혁 회장과 맞설 수 없었다.

그가 각 신문사 사장들을 막 부리는 것처럼 그 역시 유장혁과 같은 '성골'에게는 그런 대우를 받을 수밖에 없었다.

"그간 격조했습니다. WH전자가 새로 낸 제품이 반응을 타고 있던데요? 하하."

"뭐. 다들 잘 노력해 준 덕이지."

그렇게 잠깐의 담소를 마치고 돌아가려는데, 유장혁 회장이 최우철을 불러 세웠다.

"그러고 보니 자네 아들이 피아노를 그렇게 잘 친다고 들었네."

"아, 들으셨습니까."

"우리 손주 녀석과 잘 지내면 좋겠더군. 서로 아는 사이라고 하던데, 자네 혹시 알고 있었나?"

"예?"

"저런. 몰랐던 모양이구만."

'이 늙은이가 뭐라는 거야.'

"배도빈이라고 내 하나밖에 없는 손주지. 어린 녀석이 아주 똘똘해. 곧 한국으로 오니 자네 아들이랑 친구하면 참 좋겠다는 말이야."

"……!"

'이게 무슨.'

최우철이 잠시 당황하고 있을 때 유장혁 회장이 지나치며 그의 귓가에 작은 목소리를 남겼다.

"부디 모르고 한 행동이기를 바라네."

그 섬뜩한 목소리에 최우철은 잠시 움직일 수 없었다.

"이야, 많이 컸는걸?"

"히무라!"

일본에서의 일을 정리하고 히무라가 독일로 왔다.

그간 제대로 된 생활을 못 했는지 얼굴이 말이 아니었지만, 어느 정도는 추스른 모양이다.

반가운 마음에 뛰어가 그를 반겼다.

"히무라 씨."

"하하. 안녕하세요. 잘 지내셨죠?"

히무라의 안부에 어머니께서 작게 미소 짓고 고개를 끄덕이셨다.

"완전 대스타가 되었던데? 설마 베를린 필하모닉 콘서트홀에 설 줄이야. 이거 같이 일하자고 하기도 미안해지는데?"

"호호."

"히무라가 추천해 줬잖아요."

"솔직히 승희 씨가 연주자가 부족하다기에 단원으로 활동할 수만 있어도 좋다고 생각했지. 이럴 줄 누가 알았겠니. 요 기특한 녀석."

히무라가 오랜만에, 건방지게 내 머리를 쓰다듬었지만 기분 나쁘지는 않았다.

그간 베를린에 있으면서 있었던 일들에 대해 이야기를 나누고 있자니 곧 저녁 시간이 되었고.

초대한 손님들이 찾아왔다.

내 지휘 무대를 보기 위해 독일로 온 사카모토 료이치와 로스앤젤레스 필의 토마스 필스가 제일 먼저 찾아와 히무라와 함께 담소를 나눴고.

곧이어 푸르트벵글러, 니아 발그레이, 이승희, 마누엘 노이어 그리고 카밀라가 한꺼번에 방문했다.

어머니와 둘만 있을 때는 넓다고 생각했던 숙소가 꽉꽉 들어차고 말았다.

"꼬맹아, 너 대체 정체가 뭐냐?"

노이어의 뜬금없는 질문에 고개를 돌리자, 노이어뿐만이 아니라 카밀라와 니아 발그레이도 궁금하다는 듯 나를 보고 있었다.

"왜요?"

되묻자 그들은 슬그머니 시선을 돌려 사카모토와 토마스 필스를 보았다. 뭔가 사카모토 료이치와 푸르트벵글러가 언성을 높이는 중이다.

"어쩌다 보니 도빈이를 도와주게 되셨어요."

질문의 뜻을 이해하지 못한 나를 대신해 어머니께서 답하셨다.

가장 먼저 질문을 한 노이어는 어머니의 답을 듣곤 고개를 흔들며 샐러드를 접시에 덜었다.

"저 세 명이 함께 있는 광경을 볼 줄이야."

"그렇게 신기한 일이에요?"

감탄하듯 혼잣말을 한 카밀라에게 물으니 당연하다는 듯, 말을 이어나갔다.

"그럼. 세 분 모두 내로라하는 거장이니까. 마에스트로 사카모토는 빈 필하모닉의 전설적인 악장이셨어. 당시엔 세프도 베를린 필의 악장이셔서 그때부터 라이벌이었대. 물론 내가 없었을 때 이야기지만."

"오, 내 이야기인가."

푸르트벵글러, 토마스 필스와 이야기를 나누고 있던 사카모토가 이쪽으로 자리를 옮겨 왔다.

"영광입니다, 마에스트로."

"하하하. 마에스트로는 무슨. 아직 그리 불러주니 고맙네."

"암. 그 배신자에게 그런 칭호를 쓰면 그 이름에 대한 예우가 아니지."

"허허. 뭐라?"

"내가 틀린 말 했나?"

"대체 언제까지 그렇게 애처럼 굴 텐가, 빌헬름. 정말 세월이 흘러도 유치한 점은 나아지질 않는군. 그렇지 않은가, 도빈 군."

"도빈이에게서 떨어져! 네 몹쓸 방랑벽이 옮는다!"

"허허."

방금 전에도 언성을 높이더니, 이런 식으로 투닥거린 모양이다.

나와 어머니를 빼고 다들 두 노인의 말다툼에 긴장한 듯 눈치를 살피고 있었다.

"그만들 하게. 이 무슨 추태인가?"

"필스, 자네도 이 망나니한테 한마디 해주게. 어디 할 짓이 없어서 어린애들 보는 만화 주제곡이나 만들고 다니는 건지, 원."

"만화 주제곡?"

"도빈 군, 혹시 지구방위대 가랜드라고 들어봤는가? 꽤 재밌는 만화일세. 추천하지."

들어본 적 없다.

……생각해 보니 어렸을 적 배영빈과 같이 보던 만화 제목 같기도 하고.

"그 아이는 클래식 음악계 이끌어갈 재목이야! 그런 거에 시간 낭비해선 안 된다고 몇 번이나 말하지 않았나!"

"만화가 뭐가 나쁘다고 자꾸 그렇게 성을 내는가. 도빈 군은 아직 어려. 보다 많은 것을 경험하게 해주는 게 우리 같은 노인들이 할 일이지. 필스 경, 그렇지 않은가?"

"하하하."

"좋은 경험이 얼마나 많은데 그런 걸 보여주느냔 말이다!"

사카모토와 푸르트벵글러가 나를 가운데에 두고 시끄럽게 소리를 질러대는데(사실은 푸르트벵글러의 일방적인 반응이었지만), 본인 이야기는 듣지도 않고 내가 뭘 해야 하냐는 식으로 말하는 것을 보니 헛웃음이 나왔다.

그러나 푸르트벵글러가 사카모토 료이치가 하는 음악에 대해 비난하는 건 좋지 못한 행동이기에 따끔하게 말해줬다.

"세프, 형편없는 음악은 있어도 나쁜 장르는 없어요."

"하하하! 이거, 도빈 군이 멋진 판결을 내주었군그래."

"끄응."

삐져서 팩 하고 몸을 돌린 푸르트벵글러가 멀찍이 가 TV 앞 소파에 앉았다.

걱정이 되어 그를 보고 있자 니아 발그레이가 웃으며 말했다.

"저리 말씀하셔도 속마음은 다르실 거야."

"……?"

"요즘도 가끔 마에스트로 사카모토가 지휘한 빈 필 앨범을 듣곤 하셔."

"쓸데없는 이야기 그만하게!"

"호. 그거 처음 듣는 이야기로구만. 어디, 뭐가 그렇게 좋았었나, 빌헬름."

"닥쳐!"

사카모토 료이치가 다가가자 푸르트벵글러도 더는 성을 내지 않았다.

가운데에서 토마스 필스가 조율을 했고 세 사람의 거장은 오래된 회포를 풀기 시작했다.

자신이 좋아하는 지휘자가 더 이상 지휘를 하지 않아 부리는 투정일지도 모른다고 생각했다.

그 모습을 지켜보고 있는데 히무라가 깜짝 놀라 무엇인가를 되물었다.

"네? 도빈이가요?"

고개를 돌리니 카밀라와 마주보고 있었는데 카밀라가 나와 어머니 그리고 히무라 모두와 시선을 마주한 뒤 밝게 웃었다.

"일단은 휴스턴 영화평론가 협회에서 연락이 왔어요. 도빈이의 용감한 영혼이 후보에 올랐다고요."

"오오."

카밀라가 소식을 전하자 다들 식탁 주변으로 모였다.

"정식 후보 발표는 12월 10일이래요."

"축하하네, 도빈 군."

"축하한다, 꼬맹이. 결국 일을 냈구나."

"크흠."

사카모토와 노이어를 비롯해 다들 한마디씩 축하를 해주는데, 왜 영화평론가들이 내게 상을 주는 건지 알 수 없었다.

"그게 뭔데요? 그 사람들이 왜 저한테 상을 줘요?"

"그건."

히무라가 설명을 시작했다.

나와 어머니는 그의 말을 경청했는데, 미국 텍사스에 있는 휴스턴 영화평론가 협회(Houston Film Critics Society, HFCS)라는 곳이 매년 그해 영화에 특출한 성취를 이룬 사람을 선정해 상을 준다고 한다.

"그렇게 26명의 영화평론가가 선정하는 거란다. 그들이 네 용감한 영혼이 죽음의 유물 2부를 더욱 풍성하고 깊게 만들었다고 판단한 거지."

'영화평론가가 내 음악을 평가한다고?'

히무라의 설명을 들으니 의문은 더욱 커졌다.

"도빈이가 후보로 오른 부문은 최고의 오리지널 악보야. 역사가 긴 상은 아니지만 정말 대단한 일이야. 아마 앞으로 네 최연소 기록이 갱신되는 일은 없을걸?"

"내키지 않아요."

"어?"

"제 곡을 평가하는 사람은 평론가나 영화를 하는 사람이 아니에요. 연주회에 오거나 음악을 듣는 사람들이죠."

"암. 평론가란 놈들은 제대로 알지도 못하면서 그럴듯한 말로 사람들을 현혹하는 법이지."

푸르트벵글러의 말에 완전히 동의하지는 않지만, 그들이 상을 준다고 해서 나는 전혀 기쁠 이유가 없다.

도리어 불쾌하다.

"빌헬름, 가만있게."

사카모토 료이치가 내 맞은편에 앉았다.

"도빈 군, 혹시 불쾌한가?"

"네."

"평론가라고는 하지만 그들도 자네의 음악을 듣고 좋다고 생각한 사람들일세. 용감한 영혼이 영화를 더욱 빛나게 해준 것에 대해 감사를 전하는 건데, 불쾌한 이유가 있을까 싶네만."

"그런 건 편지로 하면 돼요. 누구의 음악은 떨어뜨리고 누구의 음악은 상을 주는 행위는 오만해요."

건방진 일이다.

사카모토 료이치가 내 말을 들을 준비가 된 것 같기에, 계속 말을 이어나갔다.

"누군가 제 곡을 듣고 어떠했다고 말하거나 글을 쓰는 건 괜찮아요. 그건 그들의 자유고 저는 그런 사람들 덕분에 음악을 계속할 수 있으니까. 하지만 많은 훌륭한 곡을 두고 그중에 더 뛰어난 것을 선택하는 것은 나쁜 일이에요. 떨어진 곡을 만든 사람과 그 곡을 좋아하는 사람에게 실례고, 그렇게 상을 받는다 한들 저는 그들의 기준에 맞춰주기 위해 곡을 쓴 게 아니에요."

사카모토는 나와 시선을 맞춘 채 조용히 듣고만 있었다.

"백번 맞는 말이다. 무대에서 받는 박수와 그들이 보낸 팬레터, 요즘은 댓글로도 보내더만. 그것만이 진정한 평론이지. 말 한번 잘했다."

빌헬름 푸르트벵글러가 내 어깨에 손을 얹으며 나를 지지했다.

"도빈아, 그렇게만 생각할 게 아니란다. 사카모토 선생님의 말씀처럼 그건 그저 기념일 뿐이야. 그런 의도까지 들어 있지는 않아."

"……아닐세."

사카모토가 이승희의 말을 끊었다.

"내 생각이 짧았구먼. 도빈 군의 말이 맞네. 기준이 다를 뿐, 상을 못 받았다고 해서 나쁜 곡이 아니고 상을 받았다고 해서 모두 훌륭한 곡이 아니지.”

고개를 끄덕이자 사카모토 료이치가 짓궂게 웃으며 말했다.

“작년, 가장 큰 희망이 상을 못 받았고 해서 못 만든 곡이 아닌 것처럼 말이야.”

신경 쓰고 있지 않지만.

뭔가 묘하게 화가 난다.

“베를린 필하모닉이 그래모폰이 선정한 기준으로 암스테르담보다 못한 게 아닌 것처럼 말일세.”

“뭐, 뭐라고!”

“하하하하!”

푸르트벵글러가 역정을 내자 다 함께 한번 웃었다.

노이어가 내 귀에 대고 ‘세프가 저렇게 흥분하는 건 처음이야’라고 속삭였고.

나는 이 다혈질이나 미워할 수 없는 모습이 완벽주의자 푸르트벵글러의 진짜 모습이라 생각했다.

사카모토 료이치와 다투는 그가 내뱉은 말은 험하지만 얼굴은 웃고 있었기 때문이다.

“도빈아, 이건 그런데.”

“왜요?”

일단락된 이야기인 줄 알았는데, 히무라가 아쉽다는 듯 입을 다시며 말했다.

"상이 네게 도움이 되는 것은 사실이야. 권위 있는 상을 받으면 잘 모르는 사람도 일단 믿고 도빈이 음악을 들어보게 되거든."

"……."

"물론 그 상을 이용하면서까지 장사를 하고 싶지 않다면 할 말이 없지만 그래도 홍보란 그런 거야. 도빈이는 보다 많은 사람에게 도빈이의 음악을 들려주고 싶잖니?"

"어……."

그건…… 또 맞는 말이다.

"그러기를 위해서라도 홍보할 수 있는 수단을 만드는 건 좋단다. 굳이 거절할 필요는 없어. 도빈이가 그렇게 생각하면 시상식에 가지 않으면 되는 거야."

"그렇지만 받기 싫어서 안 갔는데 그걸 이용하자고요?"

뭔가 그럴듯한 말을 하던 히무라가 질문을 받더니 벙어리가 되어버렸다.

그 순간이었다.

"아악! 답답해!"

이승희가 벌떡 일어나더니 소리쳤다.

"도빈이 너, 쪼꼬만 게 왜 이렇게 답답하니?"

슬쩍 이승희가 앉았던 자리를 보자 빈 샴페인병이 쓰러져 있었다. 저 큰 것을 혼자 다 마신 모양이다.

"그럼 뭐, 상 받은 나는 아주 못된 사람이겠다? 세프, 그렇게 말하는 세프도 상이란 상은 다 받았잖아요!"

"그, 그건 내가 1등……."

"시끄러워요! 도빈이 너, 네가 그러면 그 상을 받고 싶어서 1년 내내 노력하고 못 받은 사람은 뭐가 되니? 네가 심사위원 비위 맞춰주려고 음악한다고 생각하는 사람이 어딨니? 그런 걸 누가 몰라?"

갑작스러운 상황에 그저 듣고 있을 수밖에 없었다.

그러나 이승희는 말을 멈출 생각이 아직 없는 듯했다.

"그렇게 생각하는 사람이 있으면 그 삐뚤어진 성격 누나가 콱 고쳐줄게. 누가 감히 우리 도빈이한테 그런 생각을 해? 근데, 누나 눈엔 네가 그런 거 같은데?"

"……."

이승희가 크게 화가 난 모양이다. 딱따구리보다 빨리 입을 놀리는 그 기세에 눌려 버리고 말았다.

"너 대단하다고 사람들이 축하해 주는 거야, 이 애늙은이야! 그러니까 고맙게 받고 음악은 너 하던 대로 하면 돼. 알겠어?"

"하지만."

"알겠어?"

"……."

차마 대답은 못 하고 고개를 끄덕이니 이승희가 내게 잔을 쥐여주더니 샴페인을 따르기 시작했다.

"축하해, 미래의 마에스트로."

그리고 씩 웃더니 쓰러지고 말았다.

'위험한 처자일세.'

첫인상대로 시끄러운 사람이다.

하지만 동시에 고마운 사람이기도 하다.

한바탕 왁자지껄한 분위기가 흐르고 어머니와 카밀라가 이승희를 객실에 옮기고 돌아왔다.

"어…… 그럼 다음 소식을 전해도 되겠네요."

"네?"

"휴스턴에서 뿐만이 아니라, 로스앤젤레스에도 연락이 왔어요. 이게 본론이라 뒤에 말하려 했는데, 어째 일이 길어져 버렸네요."

카밀라가 또 모르는 이야기를 꺼냈다.

12월의 첫 번째 월요일.

앞으로 당분간(어쩌면 몇 년간) 오지 못하기에 아침 출근 시간에 맞춰 베를린 필하모닉 콘서트홀로 향했다.

저번 주 금요일에 오늘 귀국한다고 말했기에 큰 기대를 하지 않았는데 단원 대부분이 나를 환영해 주었다.

이승희는 말할 것도 없으며.

어느새 친해진 니아 발그레이와 마누엘 노이어 그리고 다른 단원들 모두 밝은 모습으로 배웅해 주었다.

그들 한 명 한 명과 인사를 나누고 빌헬름 푸르트벵글러에게 향했다.

"건강해야 해요."

"물론이지. 너야말로 음악을 그만두면 안 된다."

"죽으면 안 돼요."

"누가 죽는다는 게야!"

저번 주에 사카모토와 투닥거린 장면이 떠올라서 씩 하고 웃었다.

"놀러 와."

"또 보자."

푸르트벵글러와 인사를 마치자 사람들이 손을 흔들어주었다.

단지 반년이 흘렀을 뿐인데 이 누런 외벽의 콘서트홀이 벌써 그리워질 것만 같았다.

일이 어떻게 될지는 모르겠지만 아마 자주 찾아오지는 못할 것이다.

내가 이 베를린 필하모닉 콘서트홀에 정식으로 입단할 수 있는 나이가 되면 현재 여기 있는 사람의 절반은 남아 있을까?

또 자리는 남아 있을까?

이미 정이 들어버린 사람과 이별하는 것은 나이를 먹어도 쉽게 익숙해지기 어려운 일이다.

"가자, 도빈아."

"네."

어머니와 함께 홀을 나서는데, 뒤에서 푸르트벵글러의 목소리가 들렸다.

"기다리마! 누가 뭐래도 이곳의 바이올린 부수석은 너라는 걸 잊지 마라!"

돌아보니 푸르트벵글러가 굳센 의지를 보이며 고개를 끄덕였다.

내가 돌아올 때까지 제2바이올린 부수석 자리를 비워둔다는 것처럼 들렸기에, 니아 발그레이와 이승희는 어색하게 웃었다.

그간 함께해서, 그 자리가 얼마나 중요한 자리인지 알기에 나도 소리쳤다.

"다시 뽑으세요! 다음엔 지휘하러 올 거니까!"

"뭐, 뭐라고? 이놈! 내가 있는데 어딜 뭘 하러 온다는 거냐!"

발끈하는 푸르트벵글러.

그간 그도, 나도 감정을 표현하는 일이 잦아졌다.

좋은 변화라 생각하며 되받아쳐 주었다.

"어차피 투표로 뽑는 거잖아요? 열심히 하셔야 할 거예요."

"뭐, 뭣! 저, 저 고얀!"

"하하하하!"

나도 베를린 필하모닉 단원들도 그리고 결국엔 푸르트벵글러도 웃었다.

그렇게.

베를린 필하모닉과 인사를 나누었다.

-얼마 전 좋은 소식이 있었죠. 제5회 휴스턴 영화평론가 협회상을 대한민국이 휩쓸었습니다. 오늘은 그 시상식이 있는 날인데요. 텍사스 현장에 나가 있는 기자와 연결해 자세한 이야기 들어보겠습니다. 박준표 기자?

-……네. 저는 현재 미국 텍사스주 휴스턴의 뮤지엄 오브 파인 아츠에 나와 있습니다.

-현재 시상식 진행 상황은 어떻습니까?

-……네. 최고의 외국 영화로 선정된 김자운 감독의 천사를 보았다는 높은 평가를 받으며 수상하였습니다. 현지 언론은 높은 완성도를 보여준 영화로 평하고 있습니다.

-그렇군요. 또 좋은 소식이 있었지요?

-……네. 부활과 가장 큰 희망으로 유명한 작곡가 배도빈의

용감한 영혼이 최고의 오리지널 스코어로 선정되어 화제가 되고 있습니다.

♪

-얼마 전 휴스턴 영화평론가 협회로부터 최고의 오리지널 악보상을 수상한 작곡가 배도빈이 그래미 어워즈를 제패했다는 소식입니다. 박준표 기자, 배도빈 씨가 수상한 상이 무엇인가요?

-최고의 영화음악, 최고의 클래식 앨범 그리고 최고의 신인상입니다. 특히 최고의 신인상은 그래미 어워즈의 제너럴 필드 즉, 본상이라 불릴 정도로 가장 큰 이슈입니다.

-그런 큰 상을 받은 거로군요.

-네. 대한민국 국적을 가진 사람으로서는 최초로 그래미 어워즈 본상을 받았습니다. 잠시, 시상식 장면을 감상하도록 하겠습니다.

-하이. ……나이스 투 미츄. 땡큐.

-하하하하. 독일어와 일본어 등 외국어에 능통하다고 들었는데 영어는 익숙하지 않은 모양입니다.

-앞니가 빠진 모습이 너무 사랑스럽네요.

-이어서 대한민국 최초로 그래미 어워즈 본상을 수상한 배

도빈 군을 알아보도록 하겠습니다. 음악 전문 평론가, 월간지 관중석의 이필호 평론가 나와 주셨습니다. 안녕하세요.

-네, 안녕하세요. 이필호입니다.

귀국 후 두 달째.

7살이 된 배도빈은 TV 출연, CF 촬영, 인터뷰, 연주회 등으로 쉴 틈 없이 움직였다.

매니지먼트사를 설립해, 배도빈을 위해 움직이고 있던 히무라조차 진이 빠질 정도의 스케줄이었으니 어린 배도빈이 감당하기에는 체력적으로 문제가 있었다.

"다음은 토크쇼야. 30분 정도 뒤에 도착할 테니 조금이라도 눈 붙여도 돼. 아, 최지훈이라고 네 친구도 같이 출연한다던데. ……도빈아?"

운전석에서 뒤를 돌아본 히무라는 앉자마자 곯아떨어진 배도빈을 보고 한숨을 내쉬었다.

'스케줄 조절을 좀 해야겠어.'

그래미상을 수상하면서 배도빈에 대한 대한민국의 관심은 더 이상 올라갈 곳이 없어 보일 정도로 치솟았다.

정말 많은 단체에서 배도빈을 찾았으며 팬카페까지 생겨,

배도빈 매니지먼트사이자 히무라가 설립한 '샛별'로 공식 카페 수락 요청이 들어왔다.

자체 관리를 하려고 했던 히무라는 혹시나 하는 마음에 카페에 접속했고, 가입자 수를 보곤 깜짝 놀라고 말았다.

약 27만 명에 달하는 가입자 수를 보곤 히무라는 그 카페를 인정할 수밖에 없었고, 곧 카페 운영진과 미팅을 나눴다.

방송국을 포함한 언론사와 각 도·시립 오케스트라, 대학에 팬들까지 모두 배도빈을 만나고 싶어 하니, 몸이 열두 개로도 부족하다는 생각이 들 정도로 일정이 빡빡했다.

배도빈 스스로가 팬이 부르면 가야 한다고 생각하기에 지금까지 무리라는 걸 알면서도 적극적으로 말리지 않았지만, 저렇게 기절하듯 잠든 모습을 보니 히무라도 책임감을 느꼈다.

언제부터 자고 있었는지 모르겠는데, 히무라가 조심스레 날 깨웠다. 눈을 비비며 그를 따라 어디론가 향하자 익숙한 목소리가 나를 불렀다.

"도빈아!"

'이 낭랑한 목소리는…….'

고개를 돌리자 최지훈이 달려오고 있었고, 피할 새도 없이 녀석이 날 끌어안았다.

"축하해! 반가워! 잘 지냈어? 완전 대단하다, 너!"

너무 바쁜 나머지 귀국한 후에도 만날 기회가 없었는데 이런 곳에서 만나니 반가웠다. 뭐부터 대답해야 할지 모르게 하고 싶은 말을 전부 꺼내 버리는 최지훈을 토닥여 주었다.

"여긴 무슨 일이야?"

"오늘 같이 출연하잖아. 몰랐어?"

뒤돌아 히무라를 보자 멋쩍게 웃었다.

저럴 때 히무라는 뭔가 할 말이 있는데 참는 거니까 무슨 사연이 있는 모양이다.

다시 최지훈을 봤는데 마침 좋은 생각이 떠올랐다.

"마침 잘됐다."

"응?"

"오늘 말 좀 많이 해."

"왜?"

"그래야 내가 할 말이 적어지니까."

"너 좋아하는 사람이 얼마나 많은데. 그러면 안 돼."

"그래야 해."

"……?"

나도 좀 살아야 하니까.

최지훈은 똘똘하고 말도 잘하니 혼자서도 토크쇼를 잘 이끌어 나갈 거라 생각했다.

이곳저곳 끌려다니며 말을 했더니 턱이 다 아플 지경.

대기실에서 있는 동안에도 계속해서 최지훈에게 '방송을 우습게 보지 마'라든지 '자칫 잘못했다간 편집을 당한다고'라고 세뇌했다.

"고마워. 그래, 나도 열심히 해야지. 근데 뭘 해야 하는데?"

"글쎄."

나란히 앉아 고민을 하다가 이내 좋은 생각이 떠올랐다.

"너 천재인 척하잖아. 정말 음악가적인 말만 하는 거야."

"척……."

"쓸데없는 데 집중하지 말고. 정신 차려. 방송을 얕보면 안 된다니까?"

"으, 응. 근데 음악가적인 말이 뭐야?"

"너 피아노 치잖아. 피아노에 대해 이것저것 설명해 준다든가 하면 되지 않을까?"

"아!"

이제야 좀 말이 통하는 모양.

적어도 최지훈이 설명을 하는 동안에는 적당히 쉬어도 될 테니까 이번 일은 좀 쉽게 넘어갈 수 있겠다고 생각했다.

잠시 뒤.

"목요일! 보이는 라디오! 오늘은 아주 귀여운 두 분을 모셨습니다. 대한민국 클래식 음악계의 미래! 배도빈, 최지훈 군이 나왔습니다. 안녕하세요?"

"안녕하세요!"

"안녕하세요."

"하하. 아니, 도빈 군. 너무 피곤해 보이는데 괜찮아요?"

'저 인간은 왜 시작부터 시비야?'

시작부터 말을 걸기에, 최지훈에게 질문을 넘기도록 대충 대답했다.

"죽겠어요."

"아하하하! 사장님, 도빈 군 쉬게 좀 해주세요~ 너무 피곤해 하잖아요."

ㄴ우리 도빈이 죽는다아아아아!

ㄴ사스갘ㅋㅋㅋㅋ 일곱 살짜리가 힘들어 죽겠댘ㅋㅋㅋ 불쌍하지도 않냐ㅋㅋ

ㄴ진짜 저 어린 나이에 한 일 생각하면 저런 말 하는 것도 이해가 됨.

내 앞에 놓인 모니터에 사람들이 쓴 글이 올라오기 시작했다. 'ㅋ'이 웃음을 표현한다는 건 최근에 알게 되었는데.

"……?"

왜 이렇게 분위기가 좋은지 모르겠다.

“그럼 다음. 피아니스트 최지훈 군. 최근 열린 문 클래시컬 뮤직 컴페티션 피아노 부문 초등부 최연소로 우승했다죠?”

“네! 문 클래시컬엔 많은 선배 분들이 참가했지만 열심히 했습니다!”

“아…… 네. 그렇군요. 축하드립니다.”

ㄴㅊㅊ

‘반응이 미적지근한데. 치읓치읓은 뭐지.’

최지훈의 대답에 시큰둥하게 대답한 사회자가 다시금 입을 열었다.

“자, 그럼 우리 보이는 라디오 시청자분들께 간단히 자기소개 부탁드려요. 먼저 최지훈 군부터.”

“아, 안녕하세요! 8살 최지훈입니다. 피아노랑 작곡을 하고 있어요. 존경하는 피아니스트는 크리스틴 지메르만과 가우왕입니다.”

“그렇군요. 다음, 배도빈 군?”

“……배도빈입니다.”

“하하하하! 도빈 군 의욕이 너무 없는 거 아니에요? 지훈 군처럼 존경하는 음악가 정도는 말씀해 주세요.”

존경하는 사람 따위 있을까 보냐.

이 내가 정점이자 시작이고 끝이다.

"……루트비히 판 베트호펜."

"이야. 정말 대단한 분이죠. 그런데 표정이 정말 피곤해 보이네요. 어제 뭐 하셨어요? 바이올린 연습? 작곡?"

'저게 약을 잘못 먹었나.'

또박또박 잘 대답하는 최지훈을 두고 왜 자꾸 나한테 말을 시키는지 이해할 수 없다.

"CF 촬영이요."

"이야! CF! 이런 질문하면 밖에 있는 사장님께 혼나겠지만 돈은 많이 벌고 있나요? 얼마쯤?"

어이가 없어 사회자를 노려보자 대본으로 얼굴을 가리며 겁먹은 척을 해서 내 심기를 더욱 불편하게 만들었다.

"아유, 무서워라. 농담이에요, 농담."

그렇게 말한 사회자가 모니터를 보더니 뭔가를 읽기 시작했다.

"핸드폰 뒷번호 ××××님께서 말씀하셨네요. 화난 도빈이 너무 귀여워! ××××님은 샛별 사장은 아동 학, 아, 이건 아니고오~"

ㄴ아동학대라고 할 뻔했죠? 방송사고 날 뻔했죠?

ㄴㅋㅋㅋㅋㅋㅋㅋㅋㅋㅋㅋ

ㄴ진짜 배도빈 쿨한 거 개귀엽다.

"……."

뭔가 내 생각과 달리 방송은 이상한 쪽으로 진행되고 있었다.

잔뜩 의욕이 들어갔던 최지훈은 자신의 말에 관심을 가져 주지 않자 점점 더 위축되었고 그 반동으로 자꾸만 내게 대화가 집중되기 시작했다.

어쩔 수 없이 나도 거짓말을 하게 되었는데.

"피아노는 지훈이가 더 잘 쳐요."

"아, 그래요?"

갑작스러운 언급에 최지훈이 놀라 나와 사회자를 번갈아 봤고 마지막 기회다 싶었는지 서둘러 입을 움직이기 시작했다.

"피, 피아노의 정식 명칭은 피아노 포르테로 바르톨로메오 크리스토포리가 처음 형태를 만들었습니다. 다, 당시에는……."

"바르톨…… 네?"

"……."

"……."

되는 일이 없다.

최지훈은 거의 울 듯했고 당황한 사회자가 급히 연주를 부탁하며 겨우 상황이 수습되었다.

ㄴ와 쟨 왜 앞니도 없는데 잘생겼냐?

ㄴ말하는 거 봐 ㅠㅠ 너무 귀여워.

ㄴ진짜 개웃기넼ㅋㅋ 일곱 살짜리가 일 때문에 피곤에 쩔어 있음ㅋㅋㅋㅋ

ㄴ그게 웃기냐?

ㄴ대본인 거 뻔히 알면서 진지한 척 오지죠?

모니터에 올라오는 글을 보면서, 한숨을 내쉬었다.

· 15악장 ·
7살, 세계와 함께하다

아직 날이 덜 풀렸다.

거리에 다니는 사람들이 옷깃을 여민다.

2월.

일정에 찌든 삶에 회의를 느낀 나는 히무라와 담판을 지을 생각으로 그를 불러 한마디 해주었다.

"일 너무 많아요."

"그래. 안 그래도 이번 달은 연주회 한 번 이외에는 없어."

뜻밖에 말이 잘 풀려서 조금 당황하고 있자니 히무라가 웃으며 말했다.

"그간 잘 버텨줘서 고맙다. 활동도 중요하지만 제일 중요한 건 네가 음악을 하는 거니까. 작곡도 하고 연주 연습할 시간도 필요할 거라 생각해서 일정을 줄였어."

기특한 히무라.

"그래도 팬들이 워낙 보고 싶어 하니까 가끔은 나가도록 하자."

고개를 끄덕이니 히무라가 갑자기 내 사진을 찍었다.

"뭐예요?"

"방송 활동을 줄였으니 SNS라도 해야지. 원래 눈에 안 보이면 관심이 줄어들 수밖에 없거든. 이런 식으로라도 팬들과 교류해야 해."

"SNS?"

히무라가 핸드폰을 보여주었다.

내 사진이 여러 장 있었는데, 거기에 사람들이 댓글이라는 것을 올리고 있었다.

"이런 거 할 줄 몰라요."

"관리해 줄게. 가끔 사진이나 찍을 거니까 신경 쓰지 않아도 돼. 아, 그리고 이거라든지 전반적으로 도빈이를 도와줄 사람을 한 명 구했어."

직원을 한 명 더 들인 듯하다.

내가 생각해도 히무라가 하는 일은 너무 많았다. 방송국, 언론사, 음반사 등 단체와 만나는 것으로도 모자라 나를 직접 어디론가 데려다주고 하는 일까지 모두 도맡아서 하는데.

내가 바쁜 이상으로 그도 힘들다는 것쯤은 알고 있었다.

히무라가 어디론가 전화를 걸었고, 이내 누군가 문을 열고 들어왔다. 어린 아가씨다.

"반가워, 도빈아. 오늘부터 도빈이랑 같이 일할 박선영이라고 해."

"젊지만 유능한 사람이야. 외국어에도 능통하고 한국대 졸업생. 그리고 원래 엑스톤에서 일하고 있기도 했었고. 앞으로 네 전속 매니저로 일해줄 거야."

"매니저 누나라 불러줘."

20대 후반 정도의 어린 아가씨인데.

'누나'라는 호칭은 과연 어디까지 적용되는지 고민이 되었다.

일단 이승희가 31살이니 거기까지는 말하는 것이 원래 맞는 건가 싶기도 하고 말이다.

"반가워요."

손을 내밀자 박선영이 웃으며 손을 맞잡았다.

우선 첫인상은 합격이다.

"그럼 다시 일 이야기로 돌아와서. 으음. 도빈아, 또 영화 음악 제안이 들어왔는데."

"네."

'죽음의 유물 1, 2부'를 작업했기에 영화 음악을 만드는 일에는 제법 익숙해졌다.

또 그만큼 내 곡을 좋아해 주는 사람도 많아져서 그 소식이 반가웠는데, 이번에는 진행 방식이 조금 다른 모양이었다.

"이번에는 전처럼 한 곡을 만드는 게 아니라 앨범을 만들어 달라고 했어."

"오래 걸릴 것 같은데……. 시간은 많이 남은 거예요?"

히무라가 고개를 끄덕인 뒤 설명을 이어나갔다.

"사실 그리 여유가 있는 일정은 아니야. 4월까지, 그러니까 두 달 안에 만들어야 하거든."

그 말을 듣자마자 절로 인상을 쓰게 되었다.

일정이 생각보다 촉박했기 때문이었는데, 그에 대해 인지하고 있는 히무라가 계속해서 설명을 했기에 우선은 들어보았다.

"영화 제목은 블랙 나이트 인크리즈. 시리즈의 마지막으로 어마어마한 기대작이야."

"그런 중요한 일을 왜 이렇게 급박하게 잡아요?"

"원래 한스 짐이라는 분이 맡기로 한 일인데 이번에 몸이 좋지 않으셔서 어쩔 수 없이 캔슬되었대. 후임자를 찾는데 마땅한 사람이 없었던 거지."

중요한 일을 맡길 사람을 찾지 못했다는 말에 고개를 끄덕였다. 일정이 급하기도 하지만 공을 들인 작품에 어설픈 사람을 쓸 수도 없는 법이니까.

"그런데 이번에 네 곡을 듣고 한스 짐 본인이 직접 도빈이, 너를 추천했다고 해. 자기 뒤를 이어 블랙 나이트 시리즈를 마무리할 사람은 너뿐이라며."

"……."

"알아. 촉박하다는 거."

"……이거 때문에 일정 취소한 거죠. 이거 하라고 다른 일 없애고 생색낸 거였죠?"

"아하하."

찔리는 게 있는 듯.

히무라가 어색하게 웃는데 솔직히 저런 말을 듣고 거절할 수는 없는 일이다.

"알겠어요."

"휴우."

"대신 연주회도 빼줘요."

"그건……. 이미 티켓도 다 판매된 상태고 또 팬들도 너무 바라고 있으니까 조금 어렵지 않을까?"

저번에 본 아동학대라는 말이 떠올랐다.

하지만 다른 일도 아니라 팬을 위해서라는데, 어쩔 수 없었다. 누군가와 맞춰야 하는 일도 아니고 단독 연주회라 틈틈이 준비하면 될 거라 생각하며 한숨을 내쉬었다.

"알겠어요."

"좋아. 자, 그럼 다음. 앨범 문제인데, 도빈아, 신곡은 만들고 있니?"

만들 수 있었을 리가.

"그럴 시간이 없었잖아요."

"아하하."

멋쩍게 웃은 히무라가 내게 하나의 서류를 보여주었다.

한글은 이제 대충 익숙해졌지만 어려운 단어가 많이 사용되어 있어서 히무라가 부연 설명을 해주었다.

"요약하면 도빈이가 만들 두 번째 앨범에 가우왕이라는 피아니스트가 함께하고 싶다는 연락을 받았어."

"가우왕?"

최지훈이 존경한다는 피아니스트다. 이름은 들어본 적은 있지만 어떤 음악을 하는 사람인지는 모른다.

"그 사람이 왜요?"

그다지 내키는 제안은 아니다만, 우선은 히무라의 설명을 들어보았다.

"정확히는 소속사인 도이치 그라모폰에서 연락이 왔다고 하는 게 맞겠지. 이쪽 업계에서는 괴물 수준으로 큰 곳인데, 아무래도 도빈이의 시장성을 높게 판단한 것 같아."

기특한 친구들이다.

"현재 가장 인기를 끌고 있는 음악가 두 명이 함께한다면 좋은 시너지를 낼 거라 생각했겠지. 가우왕은 현재 젊은 피아니스트 중에는 최고로 평가받고 있어."

이어서 가우왕이 얼마나 대단한 피아니스트인지 설명한 히무라에게 그의 연주를 들려달라고 말했다.

말만 들어서는 판단할 수 없으니까.

“선영 씨, 이것 좀 틀어줄래요?”

“네.”

박선영이 오디오를 틀자, 스트라빈스키의 페트루스카가 시작되었다.

본래 오케스트라를 위한 곡을 피아노로 편곡했다고 알고 있는데 처음 들었을 때는 그 편곡 능력에 감탄을 한 기억이 있다.

그보다 연주는…….

“어때?”

“잘하네요.”

확실히 세계적으로 인기를 끌고 있는, 인정받는 피아니스트라 할 만했다.

“다른 곡도 들을 수 있어요?”

“그럼.”

그렇게 한 곡, 두 곡, 세 곡을 듣는데 자꾸만 마음에 걸리는 부분이 있어 결정을 못 했다.

빠르고 난해한 곡을 정확히. 그리고 빠른 속도로 연주하는 기교에 있어서는 과연 인정할 만한 사람이고 연주 자체도 세련되어 듣기 좋은데.

흡족하지 않다.

"혹시 느린 곡도 있어요?"

"음……."

히무라가 가지고 있는 앨범과 핸드폰을 뒤적이다가 고개를 저었다.

"아무래도 기교에 강점이 있는 사람이다 보니까. 그리고 요즘에는 템포가 느린 곡은 인기를 잘 못 끌거든."

"왜요?"

"아무래도 자극이 덜한 게 문제겠지? 가우왕이 인기를 끄는 것도 난이도가 높은 곡을 빠르게 잘 치기 때문이지."

"……."

그렇구만.

현대 사람들이 그런 곡을 많이들 좋아한다면야 확실히 인기를 끌 수 있겠단 생각이 들었다. 그리고 그런 곡을 한 번쯤 쓰는 것도 나쁘지 않을 것 같고.

사실.

나보다 연주를 빨리하는 사람은 보지 못했는데, 가우왕이란 친구가 얼마나 잘 칠지 궁금하기도 했다.

"알겠어요. 한번 만들어볼게요. 대신 6월 이후에."

당분간은 블랙 나이트 인크리즈에 대한 OST를 만드는 데에만 집중해야 할 듯싶어 단서를 두었다.

"좋아. 물론이지."

히무라가 흔쾌히 대답을 한 뒤 메모를 했다.

♪

"다녀왔습니다."

"어서 오렴."

집에 돌아오자 어머니께서 반갑게 맞이해 주셨다.

손을 씻고 저녁을 준비하고 계신 어머니 곁에서 수저를 놓고 있는데 아버지도 귀가하셨다.

"잘 먹겠습니다."

"많이들 먹어요."

아버지와 함께 인사를 한 후 소불고기를 집었다.

역시 돈은 벌고 나서 보는 게 옳다는 생각이 드는, 훌륭한 육질을 느낀 뒤 오늘 있었던 일에 대해 늘어놓기 시작했다.

"새로운 사람이 들어왔어요."

"어디? 샛별 엔터테인먼트에?"

"네. 히무라 아저씨가 너무 바빠서 도와줄 사람을 뽑았대요."

"그래? 어땠어?"

"첫인상은 좋았어요."

어머니께서 수저 위에 도라지를 올려주셨다.

'이건 좀…….'

하지만 어쩔 수 없이 먹는데 어머니께서 걱정스레 물어보셨다.

"요즘 너무 바쁜 것 같던데. 일이 너무 많잖니."

"아, 그래서 줄이기로 했어요. 이번 달에는 연주회 한 번만 나가면 된대요. 힘들다고 했더니 미리 정리해 두었대요."

"그래? 잘됐네."

"히무라 씨가 맡긴 게 잘한 일이라니까. 그렇지 도빈아?"

고개를 끄덕이고 다시 소불고기를 집는데 어머니께서 그 위에 김치를 올려주셨다.

'이 조합은 훌륭하지.'

입 한가득 넣고 씹고 있는데 한 가지 일이 더 떠올라서 서둘러 삼켰다.

"도빈아, 꼭꼭 씹어 먹어야 해."

정말 귀신처럼 잘 보신다.

"그리고 영화 음악 또 만들기로 했어요. 이번에는 앨범 전체를 만드는 일인데, 일정은 조금 촉박할 것 같아요."

"그래? 무슨 영화야?"

"블랙 나이트 인크리즈래요."

"풉!"

"……."

어머니와 아버지가 동시에 먹던 음식을 뿜어내셨다.

소중한 소불고기에 밥알이 튀어버려 절망했을 때, 아버지가 크게 소리를 치셨다.

"뭐, 뭐라고?"

"블랙 나이트 인크리즈요."

'이거 남은 거 없으려나.'

소불고기를 살피는데 어지간히 놀라셨는지, 두 분이 흥분하셔서 계속해서 물어보신다.

"정말? 정말이니?"

"네. 근데 비밀이래요."

"그, 그래. 그래야겠지. 세상에. 내 아들이 블랙 나이트의 음악을 만들다니."

"그렇게나 중요한 일이에요?"

"그럼! 도빈아, 이번 음악은 정말 잘 만들어야 해. 꼭."

"네……."

굳이 그렇게 말씀하지 않으셔도 하나의 곡을 만들 때마다 최선을 다한다. 그러지 않고서야 세상에 보일 수 없으니까.

"아, 그리고 이 일 때문에 미국에 가야 할 것 같아요. 히무라랑 같이 가는 거니까 괜찮죠?"

"그래도 불편하지 않겠니? 엄마가 같이 가야 할 것 같아. 언제라고 하니? 엄마가 히무라 씨하고 통화해 볼까?"

"그럼. 가야지. 가야 하고말고."

"여보?"

"도빈이도 이제 다 컸어. 언제까지 우리 품에 두겠어. 도빈아, 걱정 말고 다녀와라."

뭔가 아버지가 의욕적이시다.

듣기로 '인크리즈'는 블랙 나이트 트릴로지의 마지막.

즉 세 번째 영화였기에 이야기를 이해하기 위해 1편과 2편을 보려 했는데, 히무라에게 부탁할 필요도 없이 아버지께서 DVD를 소장하고 계셨다.

"도빈아, 엄마한테는 비밀이다?"

"왜요?"

"……엄마 몰래 샀거든."

아버지에게도 취미가 필요했을 터.

그 정도는 이해할 수 있다.

매일 육체노동으로 지쳤을 아버지에게도 즐길 수 있는, 휴식을 취할 무엇인가가 필요했을 테고 무엇보다 나와 어머니가 베를린에 있는 동안에도 외로우셨을 테니까.

고개를 끄덕이자 아버지가 안심을 하고 영화를 틀어주셨다.

"지금. 지금부터 집중해서 봐야 한단다."

"이해할 수 있니? 이 장면은 주인공이 복수를 다짐하는 걸 넘어서서 스스로 범죄를 억제하기 위한 상징이 되기로 마음먹는 장면이란다."

"여기. 여기 이 액션이 대단하지 않니?"

"……."

과연.

아버지께서 블랙 나이트 OST 제작 이야기를 듣고 흥분하신 이유를 조금 알 것 같다. DVD를 소장하고, 이걸 보기 위한 기계도 사신 걸 보면 분명 이 영화의 팬이신 거다.

그러고 보니 이사 온 집에 안 쓰는 방이 있었는데 지금 영화에 나오는 인물의 인형이 몇몇 개 있었던 것 같은 기억이 떠올랐다.

"크으. 저거 봐라. 정말."

"아빠."

"응?"

"방해돼요."

"……그, 그렇지. 재밌게 보렴."

아버지가 슬픈 표정을 지으셨지만 어쩔 수 없다.

시간이 얼마 없는 만큼 집중해서 영화를 이해하고 미국으로 가 작업에 곧장 돌입해야 한다.

히무라가 말한 바로는 작곡에 대해 크게 관여하지는 않지만 어느 정도 요구사항이 있을 거라고 했다.

그걸 감안하면 일정은 더욱 촉박해진다.

영화를 처음부터 다시 돌려 보기 위해 리모컨을 들었다.

"……아빠. 이거 처음부터 보려면 어떻게 해야 해요?"

이틀간 영화를 반복해서 네 번쯤 보고 생각했다.

확실히 아버지와 많은 사람이 이 영화를 좋아하는 이유를 알 것 같았다.

대단히 철학적이면서도 몰입할 수밖에 없는 이야기가 너무도 훌륭히 재단되었다.

인물도 이야기도 연출된 영상도 음악도 모두 매력적이라서 내가 OST 앨범을 만들어야 할 3편에 대한 기대가 가득 차올랐다.

블랙 나이트 OST 앨범을 만들기로 결정하고 일주일 뒤.

'이런 느낌이구나.'

정식으로 계약서가 오간 뒤에 곧장 영화 대본을 받아볼 수 있었다.

동시에 할리우드 레코드와 전임자 한스 짐이 작업에 대해 요구하는 바가 문서로 정리되어 도착했다.

영어는 거의 못 하기에 박선영 매니저가 번역을 해주었다.

할리우드 레코드는 작곡에 관련해서는 코멘트를 하지 않았지만 일 진행 방식과 같은 양식에 대해 이야기를 하고 있었다.

'용감한 영혼'을 작곡했을 때처럼 악보만 만들어 사카모토 료이치에게 맡길 수는 없을 것 같았다.

한스 짐은 괴롭고 어려운 작업이 되겠지만 '가장 큰 희망'과 '용감한 영혼'을 쓴 나라면 가능할 거라는 응원의 메시지와 함께.

본인이 작업했을 때 참고했던, 그리고 이번 '인크리즈'에 사용하려 했던 몇 가지 자료를 첨부해 주었다.

이를 이어서 작업할 생각은 없지만 참고 정도는 해야겠다고 판단하여 그것부터 살피기 시작했고. 지금까지 내가 영화 음악에 대해 제대로 인지하지 못했다고 인정할 수밖에 없었다.

그는 놀랍도록 많은 시도를 했었는데, 과연 소리를 탐구하는 남자였다.

그가 내게 보여준 자료에는 나로서는 생각지 못했던 방법이 소개되어 있었는데, 그중에서도 특히 2편, '블랙 나이트'에 사용된 테마곡을 만든 방식이 흥미로웠다.

영화를 보는 와중에도 저건 어떤 악기일까 생각했는데.

다름 아닌 바이올린을 보우가 아닌 칼처럼 날카로운 것으로 긁어내는 실험을 했던 것이다.

그래서 그런 소름끼치면서도 알 수 없는 소리를 냈던 것.

결과적으로 그 캐릭터에 대한 이미지와 적절히 어울리면서 영화에 몰입할 수 있는 좋은 음악을 만들 수 있었던 것이다.

정말로.

재밌는 작업이 아닐 수 없었다.

베를린 필에 있으면서 내가 그간 경험해 보지 못했던 현대 음악에 대해 많이 배웠다고 생각했는데 턱없는 소리.

배우고 해볼 게 이렇게나 많이 남아 있음에 기뻐하며 집중하기 시작했다.

나흘이 지나고.

로스앤젤레스로 향하는 비행기를 타기 위해 인천 국제공항으로 향했다.

"제가 옆에 계속 있을 테니 너무 걱정하지 마세요."

"그래도……."

"걱정 마세요. 전화할게요."

걱정하시는 어머니께 핸드폰을 보이며 일이 생기면 전화 드리겠다고 하니, 어머니께서 깜짝 놀라셨다.

"도빈아, 그거 할아버지가 준 거니? 아직도 가지고 있었어?"

"아."

외할아버지와의 일이 꽤 예전이라 깜빡하고 말았다.

그러나 당장 핸드폰을 살 수는 없으니 어쩔 수 없이 고개를 끄덕였다.

"일단 미국에 가 있는 동안에는 쓰고 한국 돌아오면 할아버지한테 돌려주는 거야? 핸드폰 엄마가 미리 사줄 걸 그랬다."

돌려드릴 생각은 없지만 그러지 않으면 어머니께서 불편하실 듯하여 일단 고개를 끄덕였다.

"다녀올게요."

나를 꼭 안아주신 어머니께 손을 흔들고.

히무라, 박선영과 함께 2년 만에 로스앤젤레스로 향했다.

"끄윽."

"속이 안 좋아?"

"괜찮아요."

예전처럼 구토를 하지는 않았지만 밀폐된 공간에 반나절씩이나 있다 보니 기분이 좋을 리 없었다.

언젠가 이 비행기 때문에 큰일을 겪을 것만 같다.

아무튼 LA 국제공항에 내리자 갈색 머리의 남자가 우리를 맞이했다.

"배도빈 음악가 일행이시죠?"

"그렇습니다. 라이징 스타(샛별)의 히무라 쇼우입니다. 같은 소속 대리 박선영 씨고요. 그리고 이분이 작곡가 배도빈이십니다."

"디자인 뮤직 그룹의 로버트 루츠입니다. 만나 뵙게 되어 영광입니다, 배도빈."

히무라와 악수를 나눈 로버트 루츠가 내게도 손을 내밀어 인사를 청했다.

그의 큰 손을 잡고 가볍게 흔들었다.

"미국에 계실 때 여러분을 모시게 되었습니다. 필요한 일에 대해서는 얼마든지 요청해 주시기 바랍니다."

"고마워요."

무슨 말을 하는지 모르겠어서 대충 '땡큐'라고 말했다.

"스튜디오로 가시죠. 모시겠습니다."

로버트 루츠를 따라 걷는데, 박선영이 내게 물었다.

"도빈아, 방금 말 알아들은 거야? 영어는 언제 공부했어?"

"그냥 대충 대답한 거예요."

"……."

"하하하하!"

그 대화를 엿들은 히무라가 웃은 뒤에 '도빈이가 말하는 건 정말 중요하게 받아들일 수 있으니 다음엔 꼭 누나가 통역을 해주면 대답해야 해?'라고 당부했다.

그런 대화를 나누며 공항에서 나오니 리무진이 대기하고 있었다.

요즘 좋은 차를 참 많이 타고 다니는데, 언젠가 아버지께도 한 대 좋은 것을 선물해 드려야 할 것 같다.

얼마쯤 흘렀을까.

"환영합니다. 월드 디자인 뮤직 스튜디오입니다."

태양빛을 은빛으로 반사하는 외벽과 넓은 부지가 인상적인 건물이었다.

차에서 내려 로버트 루츠를 따라 건물 내부로 들어갔고 나와 박선영은 어리둥절 주변을 둘러보았다.

엘리베이터를 타고 3층에서 내리니 덩치가 산만 한 사람이 나를 꽉 끌어안았다.

"뭐, 뭐야!"

"드디어 만났구만! 어서 오게!"

깜짝 놀라 발버둥을 치는데 얼마나 억센지 조금도 빠져나올 수 없었다. 숨이 막혀 발로 녀석을 몇 번 차니 그제야 나를 풀어주며 자신을 소개했다.

"다비드 바론이다. 널 얼마나 보고 싶었는지 모를 거야."

얼굴보다 목이 더 두꺼운, 이 육체파 남자가 예전 '가장 큰 희망'을 작곡했을 때 내게 감사 메일을 보낸 사람이라는 것을 알 수 있었다.

'글이랑은 딴판이잖아.'

“자, 들어가지. 하하!”

예의 바른 그 메일과 저 괴물 같은 남자가 동일인물이라는 데에서 조금 충격이다.

분명 영화 제작사 측 인물로 기억한다.

“월드 디자인 뮤직 스튜디오에 온 걸 환영하지.”

미팅실로 보이는 곳에 자리 잡은 뒤 다비드 바론이 정식으로 인사를 했다.

인상대로, 직선적인 억양이고 큰 목소리다.

“만나 뵙게 되어 영광입니다, 바론.”

“그 말은 도리어 내가 배도빈에게 해야지.”

다비드 바론이 내게 시선을 두고 입을 열었다.

“한스 짐의 빈자리를 채워줄 사람을 구하지 못해 정말 최악이었지. 영화 개봉 예정일은 코앞인데 그만 한 사람을 찾을 수 없었으니까.”

확실히 2편 ‘블랙 나이트’에 사용된 음악을 떠올려 보면 한스 짐은 정말 훌륭한 작곡가였다. 그런 인물을 대체하려 하니 난감한 것도 이해되었다. 있더라도, 그 정도 인물이라면 다른 일정이 없을 수 없으니까.

“그러다 한스 짐과 생각을 함께하게 되었지. 그가 어느 날 내게 전화를 해 묻더군. 배도빈이라는 작곡가에 대해 아냐고. ‘죽음의 유물’을 살린 음악가라 하니 그가 배도빈, 널 잡으라고 말했어. 더 생각할 필요도 없었지."

그가 씩 하고 웃었다.

"정말 감사하지."

박선영이 옆에서 그의 말을 통역해 주는데, 그와 말이 바로 통했다면 어떤 느낌이었을까 싶다.

그는 당당하게 그리고 진심으로 내게 감사를 표하고 있으며 무엇보다 나를 신뢰하고 있는 저 눈빛이 함께 일할 수 있다는 믿음을 주고 있다.

"일정이 급한 만큼 미리 세팅해 두었네. 사실 한스 짐이 애용하던 애비 로드 스튜디오로 할까 싶다가, '가장 큰 희망'은 로스앤젤레스 필하모닉과 했더군. 가깝기도 하고 어찌될지 몰라 섭외를 보류해 뒀는데, 이것부터 체크해 주었으면 좋겠군."

"네. 로스앤젤레스 필이 좋아요."

로스앤젤리스 필하모닉과 토마스 필스라면 믿고 함께할 수 있다.

예전 '가장 큰 희망'을 녹음할 때 한 번 경험해 본 적이 있었고, 베를린 필하모닉에 요청하기에는 위치상으로 너무 떨어져 있으니까.

'비행기 또 타야 하잖아.'

이번에는 어쩔 수 없다.

"좋아. 바로 섭외하지. 아마 2주 뒤에는 바로 녹음을 할 수 있게 될걸세."

"네."

"다음은 크리스틴 노먼 감독과의 스파팅 세션 일정을 잡아야 하네."

"스파팅 세션?"

처음 듣는 말이 나와 물었다.

"음? 아아. 그렇지. 죽음의 유물은 사카모토 료이치가 대신했었지."

혼잣말을 한 다비드 바론이 이내 설명을 이어나갔다.

"알겠지만 오리지널 스코어는 감독이 바라는 방향을 잘 읽어야 하네. 그것을 위해 감독과 작곡가가 대화를 나누는 거지."

당연히 필요한 과정이라 생각했다.

죽음의 유물을 작업할 때는 사카모토 료이치의 배려인지 신뢰인지 대화를 나눈 상대는 오로지 사카모토뿐이었다.

물론 영화를 함께 보며 이 장면, 저 장면에 사용될 음악의 분위기 등을 설명해 주긴 했는데 아마 죽음의 유물 영화감독과 상의한 내용을 내게 전달해 준 듯싶다.

"문제없어요. 빠를수록 좋아요."

"좋아."

"오케스트라라. 고전적인 방식이 되겠군. 하지만 그래서 더 좋을 수도 있겠지."

"더 좋을 거예요."

"하하! 자신감이 있어서 좋구만. 그래! 그래야지! 기대하겠네. 부탁함세."

다비드 바론이 손을 내밀었고.

그 우악스러운 손을 잡고 흔들었다.

"반가워."

"반가워요."

내가 고정관념을 가지고 있었던 모양.

틀림없이 그 무게감 있는 영화를 만든 사람이라면 지긋한 중년 남성일 거라 생각했는데.

40대 정도로 보이는 젊은 여성이었다.

크리스틴 노먼 감독은 이야기를 나누기 전에 우선 영상을 볼 것을 제안했다.

아직 편집이 완벽히 완성되지는 않았지만 도움이 될 거라는 말에 동의하여 아직 미완성의 영화를 보았는데.

이 감독의 천재성을 다시금 확인하는 계기가 되었다.

"로고가 가장 뒤에 나오기 때문에 처음부터 이 영화가 어떤 분위기로 흘러갈지 잘 보여줘야 해."

"네. 어떤 의민지 알 것 같아요. 비장한 느낌을 주었으면 하는 거죠?"

"응."

"로고가 뒤에 나오는 건 왜 그런 거예요?"

"영화를 보고 제목을 생각해 봤으면 해서?"

"그럼 그 부분에서는 음악을 배제하는 게 좋겠네요. 음악이 깔리면 그게 개입될 수밖에 없으니까요."

"좋아."

스파팅 세션 과정은 내 생각보다 훨씬 큰 도움이 되었다.

대본이나 참고자료에서는 알 수 없었던 크리스틴 노먼 감독의 의도를 좀 더 명확히 알 수 있었고, 나 역시 이 영화를 효과적으로 전달하는 이야기꾼의 입장으로 있을 수 있었다.

스파팅 세션을 마치고 노먼과 따로 자리를 마련했다.

"어땠어?"

"이런 이야기를 보여주셔서 고마워요, 노먼."

"나도 고마워."

뭐가 고맙다는 건지 모르겠어서 그녀를 보고 있는데, 살짝 웃더니 가방에 손을 넣는다.

"여기. 사인 좀 해줄래?"

"아."

그녀가 꺼내 보인 것은 내 첫 번째 앨범 '피아노와 바이올린을 위한 모음곡'이었다.

"사실 한스 짐이 아니면 안 된다고 생각했어. 이번 영화의 오리지널 스코어를 만들 사람은."

"……."

"그래서 한스 짐이 아파서 일을 못 한다고 했을 때는 어떻게 해야 하나 정말 고민이 많았거든. 그 때문에 후임을 찾는 일도 늦어졌고."

그녀가 얼마나 한스 짐이란 사람을 신뢰하는지 말하는 태도로 짐작할 수 있었다.

"그래서 처음 그와 제작사가 도빈이, 너를 추천했을 때도 사실 그리 내키지 않았어. 너에 대한 이야기는 뉴스로 몇 번 접했지만 이 영화, 이 트릴로지의 OST는 한스 짐이 맡아야 한다고 생각했거든."

오랜 시간 함께했던 유능한 동료.

마음이 맞았던 동료를 대신하는 거니 쉽게 받아들일 수 있을 리가 없다.

"그런데 한스가 보내준 이 앨범을 듣고 마음을 굳혔어. 'Auferstehung'. 부활이라는 뜻이라지? 이 처절하고 고독한 전개. 끝에 이르러서는 고결한 사명을 짊어진 듯한 이 곡을 쓴 사람이라면 함께하고 싶다고 생각했어."

노먼의 말을 듣고 씩 하고 웃었다.

예술을 하는 사람이라 그런지, 부활에서 내가 표현하고 싶었던 감정을 비슷하게나마 읽은 듯했다.

"이 영화를 완성할 수 있게 도와줘서 고마워."

먼저 개봉한 두 편의 영화를 보면서도 얼핏 느꼈지만, 이 사람은 자신의 작품을 진심으로 사랑하는 듯하다. 그러지 않고서야 그렇게 훌륭한 이야기를 보여줄 수 없었을 테고 또 그러니 지금 내게 이렇게 진심으로 고마워할 수 있는 것이다.

죽음의 유물 오리지널 스코어를 작업할 때도 마찬가지지만, 최선을 다해야겠다.

이런 사람과 함께 일할 수 있다는 것을 큰 기쁨으로 받아들이고 말이다.

"아, 그런데 아직 오케스트레이터를 못 구했다고 들었는데. 빨리 구하는 편이 좋지 않을까? 아는 사람이 없다면 한스 짐과 같이 작업한 사람을 소개해 줄게."

"오케스트레이터?"

"난 잘 모르지만 작곡을 하면 오케스트라로 편곡하는 과정이 필요하다고 하던데."

고개를 끄덕이니 노먼이 다시 한번 말했다.

"그 시간이 오래 걸리니까 편곡자를 따로 구하던데?"

"괜찮아요."

"음?"

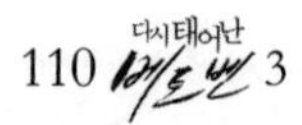

물론 편곡자를 따로 두면 작업 속도는 빨라질지도 모르지만 내 성격상 그걸 또 일일이 확인해야 할 것이 뻔하다.

내 의도를 세밀하게 녹여낼 사람이 드물기도 할뿐더러, 어차피 다시 확인해야 하는 이상 그럴 필요 없다고 생각했다.

원래부터 혼자 했던 작업이니만큼 시간이 걸리기는 해도 남이 한 것을 다시 고치는 스트레스보다는 나을 것이다.

“제가 하면 돼요. 걱정 마요.”

“……”

조금 황당해하는 감독을 보며 말했다.

“잘 부탁해요, 노먼.”

크리스틴 노먼 감독이 내게 요청한 것은 세 단어로 압축할 수 있었다.

고곤, 고독, 고결.

괴롭고 곤란한 상황 속에서 고독하게 싸우는 고결한 남자에 대한 이야기.

그 처절함과 비장함을 표현하기 위해 나는 어떤 악기를 내세워야 할지, 어떤 전개를 가져가야 할지 고민했다.

그것을 표현하기 위해 나는 크리스틴 노먼이 전달해 준 참고 자료와 대본을 반복해 보았고.

블랙 나이트라는 캐릭터에 대해 완전히 이해했을 때.

깃펜을 들었다.

첫 곡은 G단조.

모데라토(Moderato: 보통 빠르기)-알레그로(Allegro: 빠르게).

편성은 플루트2, 오보에2, 바순2, 호른2, 호른, 튜바2, 현악 5부(바이올린, 첼로, 비올라, 콘트라베이스, 하프).

위기가 다가오는 분위기와 영화 중간, 모든 교통수단을 잃는 장면에 삽입될 'A day of reckoning(심판의 날)'이 완성되었다.

4분 남짓한 곡을 완성했을 때.

로스앤젤레스 필하모닉의 토마스 필스가 내방하여 노먼 감독과 함께 이야기를 나눌 수 있었다.

"……믿을 수 없어. 이걸 정녕 3일 만에 만들었다는 말인가?"

굳이 중요한 일이 아니었기에 대충 고개를 끄덕였다.

본래 작곡 속도가 빠르지는 않다.

도리어 느린 편인데 영화의 메시지가 너무나 강렬하고 인물이 확실했기에 작업하기 수월했을 뿐이다.

그러나 곡을 빨리 만들고 느리게 만드는 게 중요한 것이 아님을 노먼도 잘 알고 있었기에 이야기 진행은 빨랐다.

"필스 경, 녹음은 언제쯤 가능하겠습니까?"

"일정이 빠듯하다는 이야기는 들었네. 준비하도록 하지. 정기 연주회가 없는 날에는 틈틈이 작업하도록 하자꾸나, 도빈아."

"네."

그렇게 작곡을 하는 와중에 노먼과 함께 녹음 상황을 보러 가고, 다시 작곡을 이어나가는 일정을 소화해 나갔다.

두 번째 곡을 거의 완성할 즈음 '심판의 날'에 대한 녹음이 끝났는데, 함께 완성된 곡을 감상하였다.

♪♩♪♩

♬♬♪♬

내 의도대로 긴장감을 주는 도입부와 불안정한 음계 차로 생기는 묘한 불안감이 제대로 전달되었다.

역시 로스앤젤레스 필하모닉과 토마스 필스라고 생각하며 고개를 끄덕이는데 크리스틴 노먼 감독이 주먹을 불끈 쥐는 모습을 볼 수 있었다.

그녀가 나를 보며 질문했다.

꼭 아이와 같은 얼굴로 잔뜩 흥분한 모습이었다.

"어디에 들어갈 거라 생각하고 만들었니?"

"철도와 공항이 부서질 때요."

"나도 같은 생각이야."

노먼이 밝게 웃더니 두 팔로 꽉 안고 얼굴을 부비며 내게 고마움을 표현했다.

"세상에나. 정말 괴물이 되었구만."

네 번째 곡을 만들 쯤엔 한 달 정도 지났을 무렵.

음악을 잘라 영화에 입히는 작업(미키마우싱)과 에디터 역할을 해주러 사카모토 료이치가 로스앤젤레스에 방문했다.

앞서 만든 세 개의 곡을 들은 사카모토가 기쁜 얼굴로 악보와 나를 번갈아 보았다.

"작업 속도, 완성도, 표현력. 모든 것이 완벽하네. 정말 괴물이야, 괴물. 우리 LA 필이 감당할 수 없을 지경이네."

함께 있던 토마스 필스가 앓는 척을 했다.

그의 뛰어난 지휘가 아니었더라면 이렇게 녹음 작업이 원활하지 못했을 것이다.

"이거 내가 늑장을 부렸구만. 아직 일이 거의 진행되지 않았을 거라 생각해서 천천히 왔더니."

"맞아요. 너무 늦었어요."

"허허. 그럼 서둘러야겠구먼. 뒷일은 내게 맡기고 도빈 군은 어서 계속 작업하게나. 노먼 감독, 바로 진행할 수 있겠지요?"

"물론이에요, 사카모토 씨."

완성된 하나의 곡을 자르고 영상에 붙이는 일은 영화를 잘 이해하고, 음악을 잘 아는.

두 분야에 대해 이해도가 높은 사람이 해야 하는데.

크리스틴 노먼과 사카모토 료이치라면 믿고 맡길 수 있다.

특히 사카모토 료이치가 내 곡을 훼손할 거라고는 생각할 수 없다. 도리어 내 의도를 잘 파악해 적절한 곳에(아마 내가 생각하지 못한 부분에도) 삽입해 줄 거라 믿고.

다시금 곡 작업에 들어갔다.

♪

저녁 시간.

히무라, 박선영, 사카모토와 저녁을 함께하는데 사카모토가 재밌는 이야기를 꺼냈다.

"도빈 군, 영화 음악에 대해 공부는 좀 해봤나?"

"아니요."

"흐음. 정말 많은 거장이 다양한 방식으로 접근을 했었지. 예를 들어 사건의 진상을 파악하는 장면에는 어떤 음악이 필요하다고 생각하나?"

잠시 고민하다가 답했다.

"궁금하게 만들어야겠죠?"

"그렇지. 그래서 어떤 음악가는 칼림바라는 아프리카 악기를 사용했었네."

"칼림바?"

히무라와 박선영도 모르는 눈치다.

"하하. 사실 나도 그 사람에게 듣기 전까지는 몰랐던 악길세. 그러니, 그 처음 듣는 음색에 사람들이 호기심이 자연스레 생기지 않았을까?"

"아."

사카모토 료이치의 말을 이해할 수 있었다.

"반면 자네처럼 정통적인 방식을 고수하는 사람도 있었지. 요리쿠네라는 사람은 멜로디만으로 관객을 압도했어. 음. 이런 식으로 말이야."

사카모토가 핸드폰으로 음악을 틀었는데.

그 힘이 대단했다.

"개인적으로 존경하는 사람은 하만이란 사람인데, 정말 대단하다네. 정말 독특한 소리를 냈지."

"어떻게요?"

사카모토가 이번에도 핸드폰으로 무엇인가를 찾아 틀었는

데, 박선영이 아 하고 감탄했다.

"저 이거 알아요. 헤이치콕 감독의 매드에서 욕실 살해 장면."

"영화를 좋아하나 보군. 정확하네."

살해 장면이라.

확실히 그 기이한 사운드가 감정을 극도로 긴장하게 만든다.

"흔히들 이쪽 업계에서는 영화 음악을 로션이라 말한다네."

"로션?"

매일 어머니께서 세수를 하면 얼굴에 치덕치덕 발라주시던 그 로션인가 싶어 되물으니, 사카모토가 고개를 끄덕였다.

"영화에 감정을 덧입혀 주지 않나. 그러니 로션이지."

정말 좋은 표현이다.

♪

정말 시간이 어떻게 흐르는지조차 모르게 바쁜 나날이었다.

중간에 한국으로 돌아가 바이올린 연주회를 가지고 아버지 어머니와 함께 식사 한 번 하지 못하고 서둘러 돌아왔어야 했으니까.

여태 내가 바쁘다는 것을 어렴풋이 느끼고 계셨던 두 분에게는 꽤나 충격이었던 모양.

연주회를 마친 밤.

집에서 하룻밤도 못 자고 심야 비행기를 타야 한다고 말씀드리자 내 건강에 대해 걱정하기 시작하셨다.

그러나 두 분을 위로하고 안심시켜 드릴 시간도 없이 돌아온 나는 여섯 번째 곡이자 영화에 직접적으로 삽입될 마지막 곡인 '인크리즈'의 테마를 만들기 위해 머리를 쥐어 싸매야 했다.

정말.

정말 오랜만에 느끼는 한계였다.

긴박한 느낌을 주기 위해 여러 악기를 만져 보며 악상을 떠올리려 했으나 이거다 싶은 것이 없었다.

그렇게 고민을 하면서 진척이 없을 때.

머리를 식히고자 오렌지 주스를 마시며 눈을 감고 있는데 문득 잠에 빠졌던 모양.

정신을 차리자 어느새 창밖이 어두워져 있었고 담요를 덮고 있었다.

누군가 가져다준 듯하다.

몇 시간은 잤을 텐데 몽롱하고 몸이 찌뿌둥한 것이 상태가 별로 좋지 못했다.

'오늘은 이대로 자야겠는데.'

그렇게 생각하며 자리에서 일어서는데.

"아."

순간 어지러워 넘어지고 말았다.

콰당탕탕!

"무, 무슨 소리야!"

넘어지면서 어떻게든 버티려고 책장을 잡았는데 그것마저 쓰러져 버리고 말았다.

가까운 곳에 책상이 있어서 망정이지 그러지 않았다면 꼼짝없이 책장에 깔려 죽을 뻔했다고 생각하니 등이 오싹해졌다.

'이렇게 허무하게 죽을 순 없지.'

히무라도 놀라서 허둥지둥 내 위로 쏟아진 책을 헤치고 나를 불렀다.

"도빈아! 괜찮니? 어? 괜찮아?"

그 순간.

물건이 떨어지면서 난 소리가 퍼뜩 뇌리에 스쳤다.

악기를 쓰는 거야 너무도 당연한 일이고 그것으로 표현하지 못할 것 없다고 생각했는데.

그 역시 고정관념.

전임자였던 한스 짐이라는 사람도 바이올린을 칼 같은 것으로 긁어대는 것으로 소리를 표현했었다.

모든 게 무너지는 듯한.

그런 소리를 내려면 그런 분위기를 내려면 정말 사물이 떨어지는 소리를 넣어도 괜찮지 않을까.

한 번도 시도해 본 적 없지만 분명 그럴 듯한 소리를 만들 수 있을 거란 확신이 들었다.

"도빈아!"

"……네?"

"어떻게 된 일이야? 어? 괜찮아?"

"아. 그냥 좀 현기증이 났을 뿐이에요. 그보다 히무라, 책이나 무거운 거 많이 구해다 줄 수 있어요?"

"뭐?"

"마지막 곡에 넣고 싶은 소리가 있어요. 여러 물건을 좀 준비할 수 있는지 알아봐 주세요."

"도빈아, 일단 알겠으니 오늘은 이만 자자. 현기증이라니. 내일 일단 병원부터 가고 그 일은 그 뒤에 하고."

'아.'

소리에 집중해서 눈치채지 못했는데, 히무라가 정말 놀란 얼굴을 하고 있었다.

그가 이렇게 놀랄 만한 상황이라는 것은 예전 일을 떠올려 보면 이해할 수 있다.

그의 말대로.

그리고 어머니 아버지의 걱정대로 잠시 하루 정도는 쉬어야 할 듯싶다.

"그렇게 해요."

오늘은 적어도 푹 자도록 하자.

♪

다음 날.

"뭐라고요?"

"그러니까……."

"난 지금 당신을 아동학대범으로 신고해야 하나 고민 중입니다. 당신이 직접 데려오지 않았더라면 반드시 그랬을 거예요."

"……."

뭐라는 거야?

영어로 말하는지라 도통 알아들을 수 없어 답답할 지경이다.

의사가 히무라에게 잔뜩 겁을 주고 있는데, 히무라는 또 그것을 가만 들어주고 있었다.

"하루 입원하되 충분한 수면을 취해야 할 겁니다. 꼬마야, 영어를 할 줄 모르니? 이 사람이 너를 괴롭힌다면 언제든지 경찰에 연락해야 한다."

땡큐라고 하려다가 문득 히무라의 말이 떠올라 올려다보자 의사가 고개를 절레절레 젓고는 한숨을 내쉬었다.

"후우."

무슨 상황이기에 이 의사가 저렇게 행동하는지 알 수 없다.

"내가 널 괴롭히면 언제든지 경찰에 연락하라고 했어."

"히무라가요?"

"그렇게 보인 모양이야."

어이가 없어 의사에게 'no, no.'라고 했지만 그는 히무라를 더욱 의심스럽게 보았다.

히무라와 함께 진료를 받기 위해 온 인근 병원으로 온 나는 과로라고 진단을 받았고 결국 1인실에 입원을 하게 되었다.

환자복으로 갈아입고 아무것도 하지 못하게 침대에 누워만 있는데 보통 지루한 게 아니었다.

-jingle bells Batman smells Robin laid an egg.[1)]

TV가 있기는 한데, 영어를 알아 들을 수 없는 내게는 그저 소음일 뿐이었다.

독어와 비슷한 느낌이라 공부만 하면 금방 익힐 듯한데 그럴 만한 시간이 없다.

그렇게 지루하게 있기를 몇 시간.

"괜찮은가?"

사카모토 료이치와 토마스 필스 그리고 크리스틴 노먼이 놀라서 병원으로 뛰어 왔다.

1) Batman TAS 中

과로라니.

나조차 어이가 없는데 다른 사람들은 오죽할까.

헝클어진 그들의 머리카락과 당황하여 초점이 흔들리는 눈빛을 보니 다들 어지간히 놀란 듯하다.

"도빈아, 자."

"고마워요."

박선영이 깎아 준 사과를 집어먹으며 세 사람의 걱정을 덜기 위해 웃어 보였다.

"괜찮아요. 잠이 부족했을 뿐이에요."

"……."

"……."

그러나 그다지 효과는 없는 모양.

말을 잃은 세 사람은 작게 한숨을 내쉴 뿐이었다.

"하루 쉬면 괜찮을 테니까 걱정 말아요."

"그래. 일단 쉬게나."

사카모토 료이치가 내 손에 그의 손을 얹으며 위로했다.

마침 입원 수속 등 이런저런 일을 처리하기 위해 나갔던 히무라가 돌아왔다.

"아, 다들 오셨군요."

"어찌된 일인지 설명 좀 해보게. 의사는 뭐라고 하던가."

사카모토 료이치가 히무라에게 물었다.

"잠을 제대로 못 자서 그렇다고 합니다. 아무래도 최근 일정이 빠듯하다 보니 도빈이도 조금은 부담을 느낀 모양입니다."

"흐음."

일본어를 조금 안다고는 하지만 두 사람의 대화를 정확히 이해할 수는 없었다.

사카모토와 대화를 마친 히무라가 내게 다가왔고, 사카모토는 또 노먼 감독과 필스에게 상황을 설명하는 듯했다.

"도빈아, 보통 부모님이 몇 시쯤 출근하셔?"

"그건 왜요?"

"입원했다고 알려드려야지. 정말이지 면목이 없다."

"안 돼요."

어머니가 이 사실을 아셨다간 당장 내일 비행기를 타고 오실 것이다. 아니, 분명 오신다.

"걱정시켜 드리기 싫은 건 이해하지만 이런 일을 감출 순 없어. 이건 너를 믿고 맡긴 두 분에 대한 신뢰 문제야."

"……."

히무라의 말에 반박할 말이 떠오르지 않아 어쩔 수 없이 핸드폰을 꺼내 들었다.

"제가 말할게요. 그럼 괜찮죠?"

"……그래."

벽걸이 시계를 확인해 보니 오후 4시 30분.

히무라가 지금쯤이면 서울은 아침 8시 30분쯤일 거라 말해 주었다.

보통 그 시간이면 아버지가 이미 출근한 뒤라 어머니께서도 깨어계실 거라 생각해 전화를 걸었다.

통화음이 이어졌고 어머니께서 전화를 받으셨다.

-도빈이니?

"어? 어떻게 아셨어요?"

-다 방법이 있지? 잘 지내고 있어? 밥도 잘 먹고 있고?

분명 평범한 이야기인데 뭔가 죄를 지은 느낌이 들었다.

"잘 지내고 있어요. 작업도 잘 진행되고 있고요."

-다행이네. 엄마 보고 싶진 않고?

"보고 싶어요. 음……. 엄마."

-응?

"곡 쓰다 보니까 요즘 잠을 잘 못 자서요. 그래서 사실 조금 졸리긴 해요."

-그럼 안 되지. 잠을 잘 자야 키도 커. 계속 바쁜 거야?

"네. 그래서 오늘은 푹 쉬기로 했어요."

-그래. 저번에 연주회 끝나고 그렇게 그냥 가서 엄마랑 아빠가 얼마나 안타까웠는데. 힘들면 히무라 아저씨한테 말해서 꼭 쉬어야 한다?

어머니의 말을 듣는 동안 히무라를 보자 그가 죄책감에 싸여 고개를 들지 못하고 있었다.

"그게……."

-응.

"그래서 병원에 왔는데 하루 입원하고 가래요. 하루만 쉬면 괜찮대요. 정말 괜찮은데 의사가 조금."

-입원?

"입원이긴 한데 큰일은 아니고."

-도빈아, 히무라 씨 옆에 있니?

"있어요."

-바꿔주렴.

'일 났군.'

어머니께서 내시는 목소리의 화음이 내려간 걸로 보아 분명 화가 단단히 나셨다.

경험상, 이럴 때 괜히 '안 오셔도 돼요'라는 식으로 나갔다간 화를 부추기는 꼴이니 조용히 히무라에게 핸드폰을 넘겼다.

그래도 히무라에게 먼저 전해 듣는 것보다는 나을 터.

내 목소리를 직접 듣고 대화를 나누셨기 때문에 아침부터 히무라에게 '도빈이가 입원했습니다'라는 말을 듣는 것보다는 충격을 덜 받으셨을 것이다.

히무라는 전화기를 받아들곤 복도로 나가 통화를 나누었고.

크리스틴 노먼이 다가왔다.

그녀는 말없이 나를 걱정스레 보았는데 부담스러워 시선을 피하니 이불을 좀 더 올려 덮어주곤 인사를 했다.

이렇게 다들 난리를 피우니 적응이 안 되는 것도 당연한 일이었다.

어린아이가 현기증을 느낄 정도로 무리하고 있다고 받아들이는데, 사실이기는 하지만 그렇게 큰 문제가 될까 싶다.

그러나 그들에게는 전혀 그러지 않은 모양인지, 다들 내일 또 오겠다는 안부를 남기곤(내일은 퇴원한다는데도) 떠났고.

히무라는 잔뜩 지쳐서 병실로 돌아왔다.

"엄마가 뭐라고 하셨어요?"

"날 믿으니 잘 부탁한다고 하셨어. 정말이지 도빈이 네게나 어머니께나 면목이 없다."

"그런 말 말아요. 잠 안 자고 곡을 쓴 건 저예요. 이 작업을 하기로 결정한 것도 저고요."

사실을 말했음에도 히무라는 전혀 그렇게 받아들이지 못하는 것 같았다.

그의 죄책감을 덜어주기 위해 한 가지 좋은 생각을 떠올렸다.

"그럼 먹고 싶은 것 좀 사주세요."

"물론이지. 식욕이 있어 다행이네. 뭔데? 뭐든 구해다 줄게."

"저번에 사카모토랑 여기 왔을 때 묵었던 호텔이 있는데, 거기 시폰 케이크가 맛있었어요. 그거랑 크림소다랑 콜라. 아, 그리고 단 오렌지 주스도요."

"……."

"그거 먹으면 나을 것 같아요."

"아닌 거 같은데. 그냥 평소에 못 먹던 걸 말하는 거 아니야?"

"그러니 이럴 때 먹어야죠."

히무라가 한숨을 푹 내쉬곤 나가서 한 시간 뒤, 만족스러운 간식 시간을 가질 수 있었다.

콰당탕탕탕-

아주 만족스러운 소리가 완성되어 작업을 시작할 수 있게 되었다.

이틀간 푹 쉰 뒤에 다시 작업을 시작하였는데, 사카모토 료이치의 도움을 받아 악기가 내는 소리가 아닌 다른 소리를 음악에 삽입하는 작업을 진행할 수 있었다.

나로서는 처음 도전하는 일이라 사카모토 료이치의 조력이 너무도 큰 힘이 되었다. 또 이렇게 음악을 할 수도 있구나 하는 새로운 가능성을 알게 되어 조금은 들뜬 상태였다.

조금만 다듬으면 오케스트라의 타악부에서도 활용할 수 있을 듯하다.

"제법 그럴싸하구나."

"완성되면 그럴싸하다는 말은 못 할 거예요."

"하하하!"

이후 집중하여(밤 10시에는 억지로 자야 했지만) 곡을 다듬고 만들어 완성한 '인크리즈'.

F단조의 격렬한 곡을 완성해 녹음과 덧씌우기 작업까지 마칠 수 있었다.

처음 그 완성된 음원을 들은 나와 토마스 필스, 사카모토 료이치, 히무라 쇼우 그리고 크리스틴 노먼은 누가 뭐라 할 것도 없이 두 팔을 번쩍 들었다.

9주간의 대장정을 마무리하는 일이었기 때문이다.

"또 한 번 성장했구나."

"그럼요."

지금까지 내가 했던 음악과는 조금 다른 영역에 한발 내디딘 작업이었다.

타인의 요구를 받아 음악을 만드는 일은 자존심 때문에라도 못 하겠다 마음먹었는데.

('가장 큰 희망'과 '용감한 영혼'을 작곡했을 때는 전적으로 내게만 권한이 있었다. 아마 사카모토 료이치의 배려와 권한이었던 듯싶다.)

이렇게 함께 작업을 하며 하나의 큰 예술작품을 만들어가는 과정은 확실히 새롭게 다가왔고 그 계기가 되어준 '블랙 나이트 인크리즈'는 내게 너무도 좋은 환경이었다.

"고마워. 정말 고마워."

편집을 하느라 최근 얼마간 계속해 철야 작업을 하고 있는 노먼 감독이 창백한 얼굴로 미소를 지었다.

"한스 짐이 쓰러졌을 때는 정말 세상이 무너지는 줄 알았는데. 이렇게나 잘해줄 줄은 몰랐어. 진심으로 고마워, 마에스트로."

노먼이 내 손을 꼭 잡고 감사의 뜻을 전했고.

그가 한 말에 나는 잠시 말을 잃었다.

얼마 만에 듣는 말일까.

"큰일을 했군, 마에스트로."

토마스 필스와 사카모토 료이치가 동시에 노먼과 함께 나를 칭했다.

단순한 호칭일 뿐이지만 그 말이 가진 의미를 생각해 보면 감격할 수밖에 없었다.

죽기 전.

유럽에서의 나는 마에스트로라 불리는 것조차 허용하지 않았다.

불멸의 음악가.

나를 칭할 단어는 루트비히 판 베트호펜이라는 이름뿐이라 생각했기에 그러했는데, 지금 이 '마에스트로'라는 단어는 내게 새롭게 다가올 수밖에 없었다.

다시 태어난 이 시대에.

이 새로운 시대가.

이 나를, 배도빈을 인정했다는 뜻이고 나의 음악이 그들로부터 사랑받고 있다는 뜻이니까.

시대가 변해도 달라지지 않은 불멸의 무엇을.

사람의 마음만큼은 변하지 않는다는 믿음으로 감정에 충실했던 나의 음악.

그것을 인정받은 듯하여 기쁘게 그들의 표현을 받아들였다.

이것이야말로 그래미상보다 가치 있는 진정한 상이 아닐까 싶다.

• 16악장 •
선생님이 되다

'인크리즈'.

내가 감수하고 토마스 필스가 지휘, 로스앤젤레스 필하모닉이 연주한 녹음본은 12분 3초 정도로 완성되었다.

F단조의 이 곡에서 가장 신경 쓴 부분은 역시나 긴박감과 비장함이다.

묵중한 소리를 내기 위해 멜로디부터 악기까지 정말 공을 많이 들였는데, 다시 예전으로 돌아가 곡 전반에 통주저음을 넣었다.

더불어 주 멜로디 역시 최대한 단순하게.

그러나 웅장하게 만들기 위해 노력하다 보니 바로크적인 느낌이 물씬 든다.

듣기 쉽고 이해하기 쉬워야 내 의도가 듣는 사람에게 잘 전

달되는 법. 기교를 부려 사람의 머리를 놀라게 할 수는 있지만 가슴을 움직일 순 없다.[2)]

'간단한 재료로 최고로 효과적이게.'

가장 나다운 곡 중 하나라 자평할 수 있었다.

그러나 C단조처럼 테마에만 집중, 집착하지만은 않았는데 하나의 이야기를 생각하면서 쓰다 보니 자연스럽게 그런 느낌으로 완성되었다.

그리고 결론은.

만족스럽다.

이러한 곡을 만들었다는 데 자부심을 느끼며 2~3달 뒤 세계에 선보여질 '블랙 나이트 인크리즈'를 생각하니.

지난 고생도 분명 보람찬 일이라 생각했다.

4월 12일.

모든 작업을 마치고 하루라도 빨리 한국으로 돌아가 쉬고 싶었기에 며칠 남아서 관광이라도 하라는 노먼과 사카모토 그리고 토마스 필스의 제안을 거절하였다.

어차피 내가 남아 있어도 이들은 여전히 바쁠 테니 떠나주는 게 내게도, 이들에게도 바람직한 일일 것이다.

2) 부록-중세와 바로크의 음악에 대해

크리스틴 노먼과 사카모토 료이치는 녹음된 내 곡을 잘라 영화에 삽입하고 편집하는 일을 반복해야 할 것이고.

그 과정에서 필요한 부분은 토마스 필스와 LA 필하모닉이 다시금 연주를 해줘야 할 테니까.

그래서 아쉬움을 떨치고 공항으로 향했다.

"또 보자."

바쁜 와중에도 배웅을 나온 크리스틴 노먼이 악수를 청했다.

"또 봐요, 노먼."

그녀의 얇은 손이 내 손을 꼭 쥐었는데 나를 향한 노먼의 신뢰가 전해지는 듯해 기뻤다.

히무라는 벌써부터 다음 작품도 함께할 수 있을 거라며 기대하고 있지만, 나는 알 수 있다.

아직 '블랙 나이트 인크리즈'의 작업이 끝나지 않았기 때문에 그녀에게 '다음 작품'은 없다는 것을.

일할 때 그녀가 보여준 놀라운 집중력과 천재성을 보면 분명 그러할 거라 생각했다.

"다음 작품도 함께해 줄 거지?"

아닌가 보다.

"그럼요. 물론이죠."

그렇게 크리스틴 노먼과 인사를 나누고 사카모토 료이치를 보았다.

그가 언제나 그러하듯 인자한 미소를 지으며 내게 조언했다.

"한국으로 돌아가면 푹 쉬도록 하게. 그간 너무 많은 것을 했어. 건강과 영혼을 위해 잠시 휴식을 가져야 할 걸세."

확실히 최근 몇 달간 무리를 했기에 그의 조언을 받아들였다.

"그렇게 할게요."

사카모토와도 악수를 나눈 뒤.

한국으로 향하는 비행기에 올랐다.

촤라라라락-

게이트를 지나 공항 내부로 들어서자 사람들이 어마어마하게 모여 있는 것을 볼 수 있었다.

갑자기 눈이 부셔 인상을 썼는데.

동시에 비명이 들렸다.

"꺄아아악!"

"귀여워!"

다수의 여성이 내는 소리를 들으며 이 소란스러운 장소를 황급히 벗어나려 했지만 기자들이 몰려들었다.

"이번 작업에 대해 소감 한 말씀 부탁드립니다!"

"작업은 모두 끝난 건가요?"

"이번 곡에 대해 설명 좀 부탁드립니다!"

이게 뭔 일인가 싶어 히무라를 봤는데, 내게 달려드는 기자들로부터 나를 보호하려고 바빠 보였다.

마찬가지로 애써 기자들을 상대하는 박선영이 외쳤다.

"진정하세요. 진정! 이렇게 달려드시면 도빈이가 다칠 수 있습니다!"

그 말과 동시에 저쪽에서 여성들이 동조했기에 기자들이 그들의 눈치를 보곤 한 발 뒤로 물러섰다.

히무라가 박선영에게 칭찬의 눈길을 주었고, 이내 기자들을 향해 물었다.

"20분간 질문을 받도록 하겠습니다. 뒤이어 나오시는 분들께 방해가 될 수 있으니 자리를 조금 옮겼으면 합니다."

질문을 받겠다는 말에 기자와 팬들이 우르르 움직이기 시작했다.

게이트와 조금 떨어진 곳에 자리를 잡은 뒤 한 사람씩 질문을 받기 시작했다.

"크리스틴 노먼 감독과 어떤 작업을 했는지, 어떻게 접촉하셨는지 알려주실 수 있으십니까?"

'어떻게 알았지?'

히무라를 보자 그가 대신 답했다.

"블랙 나이트 인크리즈의 오리지널 스코어, OST 작업을 하였습니다."

영화 제목이 나오자 장내가 한차례 술렁였다. 아버지가 그러하셨듯 확실히 인기가 많은 영화라 다들 놀란 것 같다.

"도빈아, 여기."

히무라가 대답을 하는 사이 박선영이 내게 스마트폰을 보여주었는데, 파란 바탕의 그곳에는 노먼의 사진과 영어로 된 문구가 적혀 있었다.

"대한민국의 마에스트로와 작업하여 영광이었다. 그의 음악 덕분에 마지막 시리즈는 완벽해질 수 있었다. 라고 적혀 있네."

"아."

이런 말은 직접 해도 괜찮을 텐데 굳이 이런 곳에 올릴 필요가 있나? 생각하면서도 그녀의 인사에 고개를 끄덕였다.

"블랙 나이트 인크리즈의 제작진 측에서 먼저 연락을 주었습니다. 그에 대해 수락을 하였고 두 달간 미국에서 작업을 마쳤습니다."

"죽음의 유물과 더불어 블랙맨 시리즈까지 맡아 할리우드에서 가장 주목받는 작곡가가 되었습니다. 향후 영화 음악 작품 활동에 대한 계획이 있습니까?"

"아직 정해진 일은 없습니다. 이번 일정이 촉박해 도빈 군도 무리한 만큼 당분간 휴식을 취할 예정입니다."

"2주 뒤에 맥스 스튜디오의 세이버즈가 개봉합니다. 2012년 최고의 기대작이 먼저 개봉하는데, 어떻게 생각하십니까?"

어떻게 생각하긴 뭘 어떻게 생각해.

한 기자의 말에 불만이 있었는데, 히무라가 현명하게 대답했다.

"세이버즈가 2주 뒤에 개봉한다고요? 그거 참 기대됩니다. 휴식을 취하는 동안에 도빈 군과 함께 보러 가야겠군요."

이런 쓸데없는 짓은 그만하고 조금이라도 빨리 집에 돌아가 쉬고 싶다는 생각이 간절했다.

"다녀왔습니다."

"도빈아!"

기특한 우리 아들이 돌아왔다.

입원했다고 들어 어찌나 걱정이 되던지, 그래도 어디 크게 아프거나 하지 않았다고 하기에 다행이라 여기며 돌아온 도빈이와 함께 유원지라도 갈까 했는데.

"잘래요."

단 3초간 반갑게 인사를 나눈 도빈이가 자기 방으로 들어가더니 곧장 잠에 들고 말았다.

"자게 둬야 할 것 같아요. 시차 적응도 해야 하고, 많이 힘들었다고 하니까."

진희의 말대로 우선은 쉴 수 있게 하는 것이 좋다고 생각해 그대로 저녁까지 있으니.

"밥은 먹어야 하지 않을까?"

"그러게. 배고플 텐데."

밥도 먹지 않고 벌써 10시간 가까이 자기에 깨우고 말았다.

"도빈아, 밥 먹고 자자."

"으으으응."

"옳지, 우리 아들. 자자. 엄마가 맛있는 카레 해주셨다."

아직 눈도 뜨지 않은 녀석이 코를 벌름벌름 대더니 이윽고 일어났다.

눈을 부비는 모습이 사랑스러워 꽉 안으니, 평소라면 질색을 할 녀석이 '으아아'라고 소리를 낼 뿐, 가만있었다.

확실히 피곤하긴 한 모양.

꾸벅꾸벅.

"쿡쿡쿡."

도빈이가 식탁에 앉아서도 고개를 꾸벅이며 조는데 숟가락은 입으로 가져가는 게 신기해서 진희와 웃고 말았다.

동영상을 찍는 것도 잊지 말아야지.

"하하하하. 도빈아, 도빈아?"

"……네?"

숟가락을 물고 졸던 도빈이가 깨면서 주변을 살피는데 그렇게 귀여울 수가 없다.

내 아들이지만 세계 최강의 귀여움이다.

정신을 차린 도빈이가 다시 카레라이스를 떠 입으로 가져갔고, 단 한 번 그렇게 했을 뿐인데 또다시 졸기 시작.

진희와 눈을 마주치곤 고개를 저은 뒤 도빈이를 안았다.

"어?"

"자러 가자 도빈아. 밤에 깨면 아빠 불러?"

끄덕이는 건지 마는 건지도 모를 만큼 작게 움직이는 녀석을 침대에 눕힌 뒤 머리를 쓸어 넘겼다.

기특한 녀석.

이렇게 잠을 잘 정도라면 도대체 얼마나 바빴던 걸까.

안쓰럽다.

독일로 가기 전부터 이미 자랑스러운 아들이라, 다른 아이들과는 조금 다른 아이라 생각하며 믿었는데.

조금은. 조금은 어리광을 부리면 좋을 것 같다.

'그리고 영화 내용 좀 조금 알려주면 좋겠고. 궁금해 죽겠단 말이지.'

실없는 생각을 하며 곤히 자는 녀석을 보다 방에서 나왔다.

미국에서 돌아온 도빈이는 며칠 지나자 다시 건강해졌다.

잠도 푹 자고 식욕이 좋아져 이것저것 많이 먹는데 뭔가 석연치 않아 불안함을 떨칠 수 없었다.

"도빈아, 아빠랑 영화 보러 갈까?"

주말을 맞이해 시간도 있겠다 TV를 보고 있는 도빈이에게 나들이를 제안했는데 얼굴을 들더니 힘없이 고개를 저었다.

"사과 먹자."

진희가 사과를 깎아 와 접시를 내려놓으니 도빈이가 그걸 집어 먹으며 또다시 TV를 볼 뿐이었다.

그러더니 다시 꾸벅꾸벅 졸기 시작.

슬쩍 진희와 시선을 교환하니 무엇인가 할 말이 있어 보여 안방으로 들어오니.

"도빈이 요즘 좀 이상하죠?"

"역시 그렇지?"

"네. 요즘엔 그냥 TV만 보고 있고……. 부쩍 잠도 많이 자고."

"그러고 보니."

뭔가 일반적인 아이와 다를 바 없는데, 문뜩 한 가지 의문이 생겼다.

"도빈이 요즘 밥도 잘 안 먹던 거 같던데. 간식만 먹고."

"그러게요. 걱정이에요. 어디 아프기라도 한 걸까요?"

"으음."

"요즘은 피아노도 잘 안 쳤던 것 같아요. 그렇게 좋아했는데."

확실히 항상 집을 채우고 있던 배도빈의 피아노 연주 소리가 며칠째 들리지 않았다.

도빈이가 있을 때면 항상 어떤 곡이든 들리곤 했는데 돌아온 뒤로는 그런 일이 부쩍 줄어들었다.

"왜 그럴까요?"

"글쎄. 지친 걸까?"

"요즘 좀 넋을 놓고 있는 것 같긴 해요. 힘도 없어 보이고."

"잠은 어때? 잘 자고 있어?"

"너무 자서 문제죠."

미국에서의 바쁜 일정, 아니, 생각해 보면 그 전부터 도빈이는 무척이나 바빴다.

베를린에서 돌아온 뒤 하루도 쉬지 못하고 계속해서 연주회, 방송 출연, 곡 작업을 반복했으니까.

지치는 것도 무리는 아니라 생각이 들지만, 혹시나 음악에 대한 흥미를 잃은 건 아닌지.

그것이 가장 걱정되었다.

♪

배영준으로부터 배도빈에 대한 이야기를 전해 들은 히무라는 크게 걱정이 되었다.

번 아웃 증후군(Burn out syndrome).

의욕적으로 일에 몰두한 사람이 극도의 피로감을 호소하는 일에 대해 들은 적이 있었다.

히무라는 곧장 관련한 정보를 찾았고 대충의 상황을 짐작해 보았다. 주로 열정적이고 전력을 다하는 사람이 목표를 끝마치고 겪는 일로 기력이 없고 무기력해진다고 한다.

감정적이게 되거나 두통 등의 신체적 문제도 생긴다고 하니 걱정이 이만저만 아니었다.

전문 상담사를 찾아보는 것도 생각해 봤지만 한국에서의 이미지를 생각해 보면 선부른 판단이 될 수도 있었기에 일단 해결법을 찾아보았다.

책에는 대화를 통한 해결과 정해진 시간에 일을 하고 그 외에는 충분한 휴식(취미 활동)을 가지는 게 좋다고 설명되어 있었다.

'이런 걸로 될까.'

배도빈을 옆에서 몇 년 봐온 사카모토 료이치도 충분히 쉬라고 말한 기억이 떠오른 히무라는 고개를 끄덕였다.

그는 배도빈이 이런 증상을 겪을 수 있다고 예상했던 모양.

히무라가 전화기를 들었다.

-오랜만이네. 바쁜 모양이야?

"하하. 미안. 미안. 확실히 좀 바빴지. 잘 지내나?"

-재활 때문에 영 죽겠어. 료코가 옆에 있어줘서 다행이지. 자네는 좀 어때?

"정신없어. 도빈이 작업 때문에 미국에 있었는데 꿈에 도모에와 아들 녀석이 나오더라고. 왜 안 오냐고 말이야."

-…….

"늦게 가서 싹싹 빌었지. 하하."

-……도모에도, 히데오도 이해할 걸세. 따뜻한 아이 아닌가.

나카무라의 어설픈 위로에.

히무라는 목이 메었다.

1년이란 시간이 지났지만 아내와 아들을 잃은 상처는 조금도 아물지 않았다. 오직 배도빈의 음악을 들을 때만 그 아픔을 잠시나마 잊을 수 있었다.

'아빠, 정말 이걸 저랑 같은 나이인 애가 만들었어요?'

'저도 보고 싶어요. 친구할래요.'

'바이올린 배울래요. 같이 연주할 수 있을까요?'

문득 배도빈의 음악을 유독 좋아했던 아들 히데오가 떠올랐다.

아들이 좋아했던 음악.

재앙을 겪은 일본에 희망을 가져다 준 음악을 더욱 빛나게 하리라 다짐했던 히무라는 현재. 어쩌면 배도빈을 망가뜨렸을

지도 모른다는 죄책감에 더욱 사로잡혔다.

-히무라?

히무라가 간신히 입을 뗐다.

“아, 다름이 아니라 뭐 좀 물어볼 일이 있어서. 자네 혹시 담당하던 사람 중에 번 아웃 증후군을 겪은 사람이 있었나?”

-흐음. 있었지. ……잠깐, 도빈이가?

“그런 것 같아. 귀국 후에 음악에 관한 일은 잘 안 하던 것 같더라고. 자꾸 잠만 자고. 왜, 정신적으로 스트레스를 받으면 스스로 보호하기 위해 방어기제로 잠을 많이 잔다고 하더라고.”

-들어본 적 있어. 자네가 그리 말할 정도면 중증인 것 같은데? 대체 무슨 일이 있었길래 그래?

“그게…….”

베를린에서 돌아온 뒤의 일정을 설명한 히무라에게.

나카무라가 호통을 쳤다.

-자네 제정신인가? 도빈이 아직 여섯 살이야! 어른도 지칠 정도의 스케줄을 다섯 달씩이나 지속하면 멀쩡한 게 이상하지!

“…….”

히무라는 말을 할 수 없었다.

모두 나카무라의 말이 옳았기 때문이었다.

히무라가 배도빈을 특별히 생각하는 만큼이나 나카무라 역시 마찬가지였다.

특히 재앙을 겪기 전까지만 해도 배도빈을 위해 한국과 일본을 왔다 갔다 하며 매니저 일을 했던 나카무라로서는 히무라의 일 처리에 화를 낼 수밖에 없었다.

가장 믿었던 친구이자 동료였으니까.

그런 히무라가 소중한 아이를 그렇게 다뤘다는 데에서 분노한 것이다.

-그딴 식으로 할 거면 도빈이 다른 사람에게 보내! 정말 믿을 수가 없군. 내가 사람을 잘못 봐도 한참을 잘못 봤어. 끊겠네!

뚝-

뚜뚜뚜뚜-

이어지는 통화 종료음이 이어졌다.

핸드폰을 들고 있던 히무라의 팔이 힘없이 떨어지고 말았다.

봄이 돼서 그런지 자꾸만 졸립다.

나긋한 햇볕을 쬐고 있다 보면 나도 모르게 스르르 잠이 오는데 벌써 며칠째 병든 병아리마냥 지냈다.

입맛도 떨어졌는데.

오렌지 주스 말고는 그다지 먹고 싶지 않았다. 가끔 어머니께서 해주시는 매운 음식은 조금 손을 댔지만 그러지 않을 때는 그냥 걸렀다.

'몸이 안 좋나?'

2012년에 들어서만 여덟 번의 연주회를 가졌고 여섯 곡을 만들었으며 TV나 라디오 같은 곳에는 일주일에 두세 번씩 나갔었다.

그뿐만 아니라 장거리 이동도 많았던 탓에 신체적으로도 정신적으로도 많이 지친 모양.

무엇인가를 할 의지가 조금도 없었다.

그저 TV를 틀어놓고 우스꽝스러운 말과 행동을 하는 모습을 보며 무가당 오렌지 주스를 마시고 싶을 뿐이다.

아니, 더더욱 격렬히 아무것도 하기 싫다.

"도빈아."

"네."

거실에서 어머니께서 부르셔서 나갔는데 아버지와 함께 어머니가 종이를 하나 보여주셨다.

어떤 축제의 팸플릿인 모양.

"여수에서 엑스포를 한대. 엄청 예쁘다고 하던데, 구경하러 갈래?"

귀찮아서 안 간다고 하려는데, 어머니와 아버지의 눈이 너무도 초롱초롱 해서 쉽게 대답하지 못했다.

"봐봐. 여기 정원 보면 기분 전환도 되고 좋을 거야."

확실히 팸플릿에 소개된 사진으로 보면 구경할 거리가 많아 보이긴 한데, 그리 끌리지 않았다.

"엄마랑 아빠는 여기 너무 가보고 싶은데."

그러나 저렇게까지 말씀하시면서 내 기분을 풀어주시려는 모습을 보니 거절할 수 없었다.

지금뿐만이 아니라 그간 내가 무기력해 있는 것을 걱정하시는 듯한 모습을 봤기에 고개를 끄덕였다.

"네. 가요."

두 분이 웃으시니 그걸로 괜찮다만.

적당히 다녀올 생각이다.

이틀 뒤.

우리 가족만 가는 줄 알았는데, 웬 여자아이와 그 부모로 보이는 사람이 함께 있었다.

"안녕하세요. 어머, 네가 도빈이니? 너무 잘생겼다."

"도빈아, 옆집 아주머니랑 아저씨야. 인사 드려."

"안녕하세요."

새로 집을 마련하고 이웃은 한 번도 보지 못했는데, 내가 바쁘기도 했고 또 이렇다 할 접점이 없었던 탓이다.

눈치를 보니 아버지도 약간 어색한 듯한데 어머니와 아주머니는 친한 걸 보니 베를린에서 온 뒤에 어머니끼리 친분을 나눈 듯하다.

시선을 돌려 여자애를 보는데.

네다섯 살 정도 되었을까.

큰 눈과 흰 피부 그리고 땋은 머리가 귀여운 아이이다.

"안."

"으아아앙!"

"……녕."

"어머. 채은아, 왜 울어?"

"으아아앙."

인사를 하려고 손을 들었는데 갑자기 울음을 터뜨린 것.[3]

이웃 아주머니에게 안겨 서글프게 우는 꼬마를 보며 당황하고 말았다.

엑스포는 이것저것 볼 것이 많았다.

지금은 조금 익숙해졌지만 다시 태어난 뒤에는 모든 것이 신기했다.

오디오부터 시작해 컴퓨터 그리고 개량된 악기까지.

하루하루가 신선하고 신비롭다.

3) 부록-베토벤과 체르니에 대해

최근에는 그 감각이 조금 무뎌졌는데 그런 와중에 방문한 이곳에서 조금은 그 기분을 느낄 수 있었다.

얼음동굴이라든가(도대체 어떻게 만들었는지 궁금할 정도였다) 몇몇 곳은 내 흥미를 끌기에 충분했고.

처음에는 이웃 아저씨에게 업혀 다니던 꼬마 차채은도 아장아장 걸으며 주변을 신기한 듯 구경하기 시작했다.

그러다 혼자 다리가 꼬여 넘어지려던 것을 붙잡아주었는데 후다닥 다시 자기 아버지에게 가 숨는 것을 보고 친해지기는 글렀다고 생각.

이후에는 그다지 신경 쓰지 않고 나도 보고 싶은 것을 찾아 구경하며 적당히 시간을 보냈다.

오기 전까지는 귀찮았는데, 막상 도착하니 그렇게 나쁘지만은 않은 나들이였다.

여수에 다녀오고 히무라가 집으로 방문했다.

뭔가 새로운 일을 가져왔나 싶었는데 정말 의외의 말을 꺼내서 어이가 없었다.

"죄송합니다. 두 분 그리고 도빈아."

'이 친구가 뭘 잘못 먹었나.'

무슨 일인가 싶어 물었다.

"무슨 일이에요?"

"매니저를 한다고 했으면서 가장 중요한 네 건강을 생각지 못했어. 그간 네가 얼마나 힘들었는지 생각하면 날 용서할 수 없구나. 미안하다, 도빈아."

"……."

혹시 아버지와 어머니께서 히무라에게 무슨 말을 하셨나 싶어 두 분을 올려다봤다.

그러나 부모님은 고개를 슬쩍 저으며 무슨 일인지 모르겠다는 반응.

확실히 나도 부모님도 히무라에 대해서는 전적으로 믿고 있다. 어머니가 미국으로 오지 않으신 것도 히무라가 있었기 때문에 가능했던 일.

히무라에게 물었다.

"갑자기 뜬금없이 왜 그래요? 무슨 일 있어요?"

히무라가 잠시 머뭇거리다 입을 열었다.

"미국에서 돌아오고 네가 음악을 듣는 것조차 안 한다고 들었어. 그만큼 지쳤던 탓이겠지. 모두 네 리듬을 망친 내 잘못이다."

아무래도 뭔가 단단히 착각하고 있는 모양이다.

스스로 잘못 생각했다는 걸 깨닫게 해주기 위해 다시 한번 질문을 던졌다.

“그게 왜 히무라 잘못인데요?”

“네가 항상 제 컨디션으로 있을 수 있게 스케줄을 조절해야 한다고 알고 있었어. 그런데 그걸 잘 못했지.”

“알고 있는데 왜 그렇게 했어요?”

“그건.”

대답을 기다리자 히무라가 탄식하듯 내뱉었다.

“내 욕심 때문이야. 네가 얼마나 대단한지 알리고 싶었어. 한국뿐만이 아니라 여기저기서 너에 대해 알고 싶다는 요청이 많았으니까.”

“그 일정 전부 제가 한다고 했잖아요. 엄마도 아빠도 들으셨죠?”

어머니와 아버지가 고개를 끄덕이시는 걸 확인하고 히무라에게 계속해서 말했다.

“전 제 음악을 사람들에게 더 많이 들려주고 싶어요. 아마 히무라가 절 알리고 싶은 마음보다 더 클 거예요. 그러기 위해 사는 거니까요.”

“……”

“그러니까 그런 일로 사과할 필요 없어요. 사과는 일을 못 잡았을 때 하는 거예요.”

“그렇지만.”

“지치긴 했어요. 확실히 이런 적이 처음이라 일단 쉬고 있는데 걱정 마세요. 몸은 이미 다 괜찮아졌으니까.”

그리고.

"제가 음악 없이 사는 건 상상할 수 없어요. 그 외에는 생각해 본 적도, 그럴 마음도 없으니까 걱정하지 말아요."

예전에.

그런 일이 있었다.

하나의 곡을 짓는 데 3~4년이 걸리자 어느 못 배워먹은 놈이 이젠 베트호펜도 끝이라며 떠벌리고 다닌 적이 있었다.

그러나 마침내 완성한 내 곡은 유럽 전역에서 화제가 되었으며 매번 내 연주회를 찾으러 수많은 귀족이 몰려들었다.

천재.

그 이름은 존경받기도 하지만 때때로 시기와 질투를 받기도 하는 법.

또 누구나 관심을 가질 수밖에 없는데, 그 때문인지 조금만 더 큰 성과를 보이지 못해도.

'이젠 끝이야.'

'내리막길이군.'

'안타까워.'

부정적인 인식, 말들이 따라붙게 된다.

그것을 너무도 잘 알고 있었기에, 히무라에게 분명히 말했다. 히무라에게 하는 말이지만 이 자리에 있는 어머니와 아버지께도 함께 드리는 말이다.

"지친 절 걱정하는 건 고맙지만 히무라가 걱정한다고 나아지지 않아요. 저도 평범한 사람처럼 단지 지쳤을 뿐이고 충분히 쉬고 나면 다시 움직일 수 있어요. 그뿐이에요."

'인크리즈'라는.

내가 생각해도 에로이카에 버금갈 명곡을 만들었기에 생긴 만족감과 탈력감에 지금은 잠시 쉬어갈 뿐.

히무라에게 분명히 말했다.

"앞으로도 잘 부탁해요."

"……그래."

굳게 다짐한 히무라를 보며 웃은 뒤 돌아섰다.

"그런 전 좀 잘게요."

자꾸 졸리다.

자꾸만 꾸벅꾸벅 조는 나를 두고 결국 어머니는 병원에 데려갔는데, 검사를 마친 뒤 의사가 크게 웃었다.

무슨 큰 병에 걸린 건 아닌지 걱정하셨던 어머니께서는 황당하다는 듯 설명을 재촉했다.

"뭐, 의학 용어는 아니지만 춘곤증일 겁니다. 혹은 성장기라 그런 걸 수도 있고요. 검사 결과 아무 이상 없습니다."

"네?"

"도빈아, 입맛이 없고 자꾸 졸리고 그래? 아픈 곳은 없고?"

고개를 끄덕였다.

"도빈이를 화나게 하는 건?"

"없어요."

대답을 하자 의사가 웃으며 어머니를 안심시켰다.

"문제없습니다. 아주 건강해요. 한동안 도빈이가 바빴다고요? 장거리 이동도 많이 하고."

"네."

"환경이 계속 바뀌면서 생기는 일일 수도 있고요. 다만 낮에 자면 밤에 못 잘 테니 규칙적인 생활을 해야 합니다."

"규칙적인 생활이요?"

어머니께서 나를 내려다보시는데, '엄마가 일찍 자고 일찍 일어나야 한댔지?'라고 말씀하시는 듯했다.

"아무래도 비규칙적인 생활을 반복한 것도 영향이 있었을 것 같네요. 시간을 정하고 그 시간에만 자는 걸 추천 드립니다. 또 입맛을 돋우는 음식을 먹거나 신선한 환경에 가면 나아질 겁니다."

의사의 말을 듣고 병원을 나선 어머니는 어이가 없으신 듯 깔깔 웃기 시작하셨다.

"엄마?"

"아냐. 도빈이가 건강해서 다행이다. 엄마랑 아빠가 얼마나 걱정한 줄 아니? 아빠한테 전화해 줘야겠다."

병원 앞에서 택시를 잡아탔고.

아버지와 통화를 마친 어머니는 히무라와 나카무라에게도 전화를 하셨다. 중간중간에 자꾸 헛웃음을 지으시는데, 왜 저러시는지 모르겠다.

4월이 그렇게 덧없이 흘러갔다.

두 번째 앨범 작업이 남아 있지만 6월부터 작업을 들어가도 괜찮았고 히무라가 그간 바빴던 걸 신경 써준 덕에 6월이 되기 전까지는 따분한 생활을 이어나가야 할 듯싶었다.

처음 엑스톤과 계약을 한 뒤, 계속해서 쉼없이 일이 있었기 때문에 참으로 오랜만에 느끼는 한적한 시간인데.

이 시간이 그렇게 지루할 수 없었다.

차라리 일이 있는 게 낫겠다 싶을 정도로 심심했다.

그런 이야기를 어머니께 했더니.

귀찮은 일을 가져오셨다.

"도빈아, 옆집 동생이 놀러 왔어."

"안녕 도빈아~ 채은아, 오빠한테 인사해 봐."

"……안녕."

옆집 꼬맹이를 데리고 오셨다.

"채은이도 피아노 배우고 싶대. 도빈이가 가르쳐 주면 되겠다. 그치?"

"아이 참, 언니도. 그냥 같이 놀면 좋은 거지. 도빈이처럼 유명한 애가 그러면 부담스러워."

어머니와 옆집 아주머니가 하하호호 이야기를 나누시는데, 두 사람의 속내가 훤히 들여다보였다.

항상 그러셨듯, 내게 비슷한 또래 친구를 만들어주고 싶으셨던 것. 그건 저 낯을 많이 가리는 차채은이란 애의 부모도 같은 생각인 듯하다.

그 이해관계가 들어맞으면서 불쌍한 나와 채은이라는 저 아이가 희생당하는 거다.

불쌍한 녀석.

아직 자기 엄마 다리 뒤에 숨어 얼굴만 빼꼼 내밀고 있는 아이는 피아노는커녕 대화조차 할 생각이 없어 보인다.

"그렇게 하고 싶지 않은 것 같은데요?"

어머니를 보며 말하자 이웃 아주머니가 손사래를 쳤다.

"아니야. 채은아, 오빠한테 피아노 가르쳐 달라고 해봐."

꼬맹이가 고개를 힘차게 저으며 이젠 얼굴마저 숨겨 버렸다.

'난감한데.'

가르치는 거야. 예전에 돈을 벌기 위해 꽤 많이 했었지만 사실 그렇게 좋아하는 일은 아니다.

똥멍청이들밖에 없으니 그 시간에 차라리 다른 일을 하는 게 낫겠다는 생각이 드는 건 당연한 일.

무엇보다도 내가 가르친 귀족가 자제들이란 연놈들은 지적을 하면 고칠 생각은 안 하고 자존심이 상했다는 것만으로 발광하기 일쑤였다.

실력과 자존심이라곤 쥐꼬리만큼도 없는 것들이 노력도 없이 그 얄팍한 감정을 '자존심 상했다'라고 표현하는 것에 역겨워 토악질이 나올 지경.

하물며 저렇게 본인이 싫어하는데, 가르칠 순 없는 법이다.

나나 저 아이에게나 못 할 짓이다.

"그럼 저 들어가 볼게요."

어머니와 옆집 아주머니가 날 잡으려 했지만 딱히 할 말이 없었는지 말을 내뱉진 않았다.

방으로 들어온 나는 두 번째 앨범에 대해 고민하며 피아노를 만졌는데, 모든 곡을 피아노로 할까 하는 생각도 들었다.

프란츠 리스트.

다시 태어나고 갓난아기였을 무렵부터 내게 충격과 신선함을 가져다 준 역사상 가장 요염했던 피아니스트.

죽기 전 어디선가 들어본 기억은 있는데 잘 생각나지 않은 걸 보면 당시엔 이름이 알려지지 않았거나 어렸을 터다.

아무튼.

그자가 내 교향곡을 모두 피아노로 연주할 수 있게 편곡했는데, 그게 제법이었다.

베를린 필하모닉에 있으면서 지금은 낭만파라 불리는 시대를 더욱 가까이 접할 수 있었고 그중 리스트의 피아노는 특히 내 감수성을 자극하였는데 그가 그러했던 것처럼.

나도 그의 교향시를 피아노로 편곡해 볼 생각을 해보았다.

훌륭한 후대 음악가를 깊이 탐구하는 시간이 될 것은 물론, 그의 교향시가 무척이나 아름다웠던 탓에 마음이 이끌렸던 것인데.

프란츠 리스트의 7번 교향시 축제의 함성을 들으며 사색에 잠긴 와중 문득 인기척이 느껴져 눈을 뜨니 꼬맹이가 내 방에 있었다.

나와 눈을 마주치니 움찔거렸다.

"왜?"

"……."

물어도 대답은 없다.

'도통 아이는 무슨 생각을 하는지 알 수 없으니.'

얌전히 있는 것 같아 가만 두었다.

축제의 함성의 힘찬 소리와 부드럽게 전개되는 서사적인 음률을 떠올리며 건반에 손을 얹었다.

♪

그날 이후 꼬맹이는 매일 같이 찾아와 조용히 내 방에서 음악을 듣다가 어머니께서 챙겨주시는 간식을 먹고 돌아갔다.

오늘도 마찬가지였는데 무슨 일인지 간식을 먹으라고 했는데도 방에서 나오지 않고 있었다.

"도빈아, 채은이한테 간식 먹자고 했어?"

"네. 했어요."

"맛있게 잘됐는데."

일어나 내 방으로 향하시려던 어머니께서 무엇인가 생각나셨는지 다시 자리에 앉으셨다.

"채은이랑 좀 친해졌니? 요즘 매일 오는 것 같던데."

"아뇨."

"왜? 그럼 방에서 뭐 해?"

"피아노 쳐요. 걔는 그냥 듣고 있고요."

"말은 안 하고?"

고개를 끄덕이니 어머니께서 이해할 수 없다는 표정을 지으셨다.

"여자애니까 도빈이가 상냥하게 같이 놀아줘."

"놀기 싫어하는데 그러는 것도 괴롭히는 것 같아요."

"그건 그렇지만."

그때였다.

내 방에서 피아노 소리가 들리기 시작. 한 음, 한 음 탐구하듯 건반 소리가 천천히 이어졌다.

"채은이도 피아노 치고 싶었나 보다."

'선생이 되는 건 그리 반갑지 않은데.'

돈이 필요했던 시기야 억지로 못난 놈들을 가르쳤으나 지금은 돈이 부족하지도 않다.

앨범 판매액이라든가 매절 형태로 판 '가장 큰 희망'과 '용감한 영혼'에 대한 개런티. 베를린 필하모닉에서 받은 돈도 있고 연주회나 방송에 출연하여 번 돈도 있다.

또 '인크리즈'를 작업하면서 선금으로 받은 돈과 앞으로 받게 될 저작권 사용료를 생각해 보면 더욱.

돈은 충분히 벌었고 앞으로도 계속 들어올 테니까.

"친구가 생기는 건 정말 멋진 일이야. 굳이 피아노 가르쳐 주지 않아도 되니까."

그러나 이렇게 정론으로 나오시면 달리 방도가 없다.

하는 수 없이 방으로 돌아가자 꼬맹이가 황급히 피아노 의자에서 일어났다.

"괜찮아. 계속해도."

"……."

겁먹은 아기 고양이처럼 살짝 나를 올려다보는 꼬맹이를 보자 나도 모르게 마음이 동해 손짓했다.

꼬맹이가 조심스레 피아노에 앉았고, 나는 그 옆에 서 건반 위에 손을 얹었다. 그리고 어렸을 적 들은 동요 중에서도 단순한 멜로디를 연주했다.

솔솔라라솔솔미~

"들어봤어?"

꼬맹이가 고개를 두 번 끄덕였다.

"자, 여기가 솔이야. 여기는 라. 여기는 미. 솔솔. 라라. 솔솔미."

하나씩 음계를 알려주자 곧잘 쳤다. 제법인 건 박자를 기억하는 건지 정확히 맞췄다는 것.

뒷부분도 가르쳐 주니 신이 나서 반복해 연주한다.

손녀가 있었다면 이런 기분이었을까.

어린 게 집중해서 피아노를 치는데 그 모습이 무척 열심히라 기특하게 보였다.

"다른 것도……."

반복을 하던 꼬맹이가 기어들어 가는 목소리로 말했다.

잠깐 정도야 괜찮겠지 싶다.

곧잘 따라 하기에 이번에는 조금은 더 어려운 동요의 음계를 알려주고, 먼저 연주해 주었다.

물론 방금 전과 같이 멜로디만.

레시도시솔 레시시도시솔~

이번에는 반음이 들어갔는데, 또 곧잘 친다.

박자도 조금씩 다른데 정확히 맞춰가는 것을 보니 신기하다.

'다섯 살이라 했던가?'

예전에 히무라가 선물해 준 피아노가 딱 맞을 시기인데 어린 애가 제법 음감이 있는 듯해 신기해서 조금 더 가르쳐 주었다.

도빈이가 간식을 먹고 방으로 들어가서 얼마 뒤.

항상 클래식 음악만 들렸는데, 무슨 일인지 동요가 들렸다. 몇 번 반복해서 치는 걸 보니 채은이가 아는 곡을 들려주는 것 같다.

'놀아주고 있구나.'

무뚝뚝하긴 해도 이럴 때 보면 자기 아빠를 닮아 다정한 면도 있는 것 같네.

흐뭇한 마음에 슬쩍 방 안을 엿봤는데 신기하게도 도빈이가 아니라 채은이가 피아노를 치고 있었다.

'어머.'

쉬운 곡이라고 해도 도빈이가 연주하는 줄로만 알았는데, 저 어린아이가 정확한 연주를 하는 게 너무 신기했다.

'귀여워라.'

도빈이도 마음에 들었는지 그 옆에 서서 이것저것 가르쳐주는데 그 모습이 너무나 사랑스러웠다.

한 시간쯤 흘렀을까.

도빈이와 채은이가 나왔다.

채은이가 고개를 숙인 뒤 수줍게 입을 열었다.

"안녕히 계세요."

"재밌게 놀았니?"

정말 재밌었는지 채은이가 처음으로 조금 밝은 표정으로 고개를 끄덕였다.

"또……."

"그래. 또 와."

"응. 오빠."

"어머."

그러고 나가려고 하기에 문을 열어주곤, 옆집에 들어갈 때까지 복도에서 지켜보았다. 채은이가 잘 돌아간 걸 확인하고 집에 들어서 도빈이에게 물었다.

"도빈아, 채은이가 오빠래. 동생 생겼네?"

"네."

"채은이 귀엽지?"

"조금요."

귀여운 건 알아가지고.

쑥스러워하며 긍정하는 도빈이의 볼을 살짝 당겨주었다.

"교본?"

히무라에게 피아노 교습용 악보를 구해다 달라고 말하자 못 들을 말이라도 들은 듯 되물었다.

"아, 혹시 라흐마니노프 악보 말이니? 선영 씨, 지금 안 바쁘면 도빈이랑 같이."

"아뇨. 피아노 배우는 애들이 보고 배우는 거요. 엄마가 학원 같은 데에서 쓰는 게 있을 거라고 하시던데."

그게 너한테 왜 필요하냐고 말하는 듯한 얼굴이었는데.

"그게 왜 필요해?"

정말 똑같이 물어서 조금 신기했다.

"피아노 공부하는 애가 있는데 가르쳐 주려고요."

"아하."

그제야 이해했다는 듯 히무라가 고개를 끄덕였다.

"구해다 줄 수 있어요?"

"그럼. 어려운 일 아니니까. 난 또 네가 그런 걸 왜 구하나 싶었네. 하하하. 음. 바이엘 교본이 무난하겠지?"

"저도 어렸을 때 그걸로 배운 것 같아요. 체르니나."

체르니?

박선영이 익히 아는 사람의 이름을 언급했다.

카를 체르니 그 친구의 교본이 아직 사용되고 있는 모양이다.

"최대한 많이요. 난이도가 있어도 괜찮고요."

"그래. 일단 종류별로 구해볼게."

꼬맹이가 배우는 속도를 봐서는 일반적인 초보자용 교본으로는 며칠 못 가지 않을까 싶어 부탁했다.

곧 박선영이 교본을 구하기 위해 나섰고 나는 히무라가 따라준 유가당 오렌지 주스를 마시며 그의 질문을 받았다.

"도빈이가 직접 가르친다니 궁금한데? 누구야? 그 지훈인가 하는 친구인가?"

"옆집 꼬맹이에요."

"응?"

"가르쳐 주면 신기하게 똑같이 따라 쳐요. 틀리기도 하고 그렇지만 결국엔 금방 완벽하게요."

"오렌지 주스 마시러 온 줄 알았는데 그런 일이 있었구나."

"……엄마가 주는 오렌지 주스는 맛이 없단 말이에요."

"하하하."

"조금만 더 주세요."

한 시간 뒤.

서점에서 피아노 교본을 종류별로 구매한 박선영이 배도빈에게 그것을 건네주었다.

"고맙습니다."

인사를 한 배도빈이 사무실 밖으로 나섰고 그 모습을 보던 히무라 쇼우가 흐뭇하게 미소를 지었다.

"선영 씨."

"네, 대표님."

"도빈이 요즘 밝아진 것 같지 않아?"

"글쎄요? ……듣고 보니 조금 그런 것 같기도 하고."

"분명 즐거운 거야."

히무라가 무엇을 보고 그렇게 생각하는지 모르는 박선영으로서는 조금 더 설명이 필요했다.

"저 없는 동안 무슨 이야기라도 나누셨어요?"

"아, 응. 도빈이가 옆집 친구에게 피아노를 가르쳐 주나 봐."

"어머. 그래요?"

"그런데 그게 재밌는 것 같아. 말하는데 웃더라고. 배우는 애도 실력이 곧잘 는다고 하네?"

"보통 공부 잘하는 사람들이 잘 못 가르치던데. 도빈이가 가르치는 것도 잘하나 보네요."

"혹시 모르지. 배우는 애도 천재일지."

"설마요."

매니저 박선영이 구해다 준 바이엘 교본은 생각보다 쉽고 단계별로 잘 정리되어 있었다.

기본적인 연주법부터 시작해 곡의 난이도도 적당히 올라가 무난하게 가르칠 수 있다고 생각했는데 첫 장을 펼쳐 악보를 보는 법, 피아노를 치는 법에 대해 설명하자 꼬맹이가 뚱하게 있었다.

"왜?"

"어려워."

역시 애는 애다.

아직 다섯 살밖에 안 된 어린애가 이해하기에는 조금 어려웠던 모양이다. 어쩔 수 없이 지금까지처럼 두 마디를 먼저 연주하고, 음계를 알려준 뒤 따라 칠 수 있도록 하였다.

'거참, 신기한 일일세.'

취미로 할 거라면 굳이 공부를 하지 않아도 되겠지만 이렇게 악보도 없이 박자를 정확히 맞춰 따라 치는 걸 보면 신기하단 생각이 들었다.

문득 예전에 쳤던 곡을 기억하고 있을까 싶어서 물어보았다.

"즐거운 나의 집 기억해?"

"즈거운 나 집?"

도입 부분을 연주해 주니 꼬맹이가 고개를 끄덕였다.

"알아. 좋아."

비켜주니 연주를 시작하는데, 나흘 전에 알려준 곡을 정확히 연주했다.

♩♪♩♬

반주까지 있어 기억하기 어려울 텐데.

저 고사리 같은 손으로 잘도 연주한다.

"잘하는데."

"헤."

칭찬을 해주니 몸을 배배 꼬며 쑥스러워한다.

'천재야.'

가르칠 맛이 나는 아이다.

이제 겨우 일주일 함께했을 뿐이지만 내가 본 그 어떤 아이보다 뛰어난 재능이었다. 이대로 성장한다면 분명 역사에 이름을 남길 피아니스트가 되겠지.

아직은 어려 많은 것을 기대할 수는 없지만 이 아이가 가지고 있는 음감과 박자감각은 확실하다.

지금까지 꼬맹이가 배우는 과정을 생각해 보면 더욱 명확해진다.

악보도 못 보는 주제에 내가 연주한 것을 듣고, 그대로 치는 거다. 기억력이 좋은 것도 훌륭하지만 그보다 음과 박자를 정확히 인지하고 있다는 뜻.

'차채은이라 했지.'

"또, 또."

"그래."

메마른 땅이 비를 머금듯.

애타게 피아노를 갈구하는 채은이에게 또다시 두 마디의 연주를 들려주었다.

채은이에게 피아노를 가르쳐 준 지 벌써 한 달이 되었다.

고작 한 달 배웠다고 하기엔 믿을 수 없을 만큼 배우는 속도가 빨랐는데, 여전히 악보를 보지는 못했지만 이제는 곧잘 연주를 하기에 조금씩 난이도가 있는 곡을 알려주는 와중, 채은이가 고개를 저었다.

"하기 싫어?"

"오빠가 하는 거 하고 싶어."

"내가?"

고개를 끄덕이기에 혹시나 싶어 편곡 중인 리스트의 교향시를 조금 연주했더니 고개를 끄덕이며 내 소매를 잡아당겼다.

"어려울 텐데."

그래도 계속 재촉하기에 하던 대로 두 마디씩 나눠 연주를 해줬는데 역시나 아직은 이런 곡을 연주하기엔 무리였다.

"천천히 배우면 돼. 우선은."

"흑. 끄윽."

"……."

뜻하는 대로 잘 안 되자 채은이가 울먹이기 시작했다. 그러면서도 자꾸만 내가 연주했던 것을 따라 해보려고 건반을 반복해 치는데, 역시나 너무 이르다.

"나랑 같이 치려면 더 연습해야 해. 언젠가는 악보 보는 법도 배워야 하고. 재미없어도 기본적인 기교는 익혀야 하고."

"……응."

어린애가 그래도 정말 분했던 모양.

다음 날부터 어렵다고 쳐다보지도 않던 악보에 대해 공부하기도 하고 재미없다면서 연습하지 않으려 했던 하농 교본을 따라 연습하기 시작했다.

'자세가 됐어.'

정말 분했다면.

싫증을 내고 짜증을 내는 게 아니라 이렇게 부족한 점을 채우려 악착같이 달라붙는 게 정상이지만 내가 가르친 거의 대부분의 사람이 그러지 않았단 걸 생각하면 채은이가 피아노를 얼마나 좋아하는지 알 수 있다.

무럭무럭 자라나는 또 한 명의 천재를 보며 마음이 움직인 난 결국 하던 일을 잠시 중단하고.

새 악보를 펼쳐 음표를 채워나가기 시작했다.

다음 날.

"오빠!"

이제는 놀러 오는 일이 잦아진 채은이가 날 부르며 집으로 들어왔다.

"채은이 왔구나?"

"안녕하세요!"

후다닥 들어와서는 '오늘은 뭐 가르쳐 줄 거야?'라고 말하듯 들떠 있는 녀석.

하농을 가리키자 조금 실망한 듯했지만 그래도 피아노 옆에 섰다.

먼저 처음부터 끝까지 한 번 연주해 주었다.

악보를 조금씩 볼 수 있게 되었지만 아직은 이 정도 수준의 악보를 볼 줄은 몰랐기에 이렇게 한 번씩 들려줘야 했는데. 두 마디씩 나눠 연주하지 않아도 곧잘 기억하고 따라 하기에 최근에는 이런 식으로 가르쳐 주곤 했다.

"오늘은 이거 연습하자."

"응."

중간중간 틀린 부분이 있지만 악보를 설명하며 다시 한번 연주해 주면 또 틀리는 법이 없다.

악보를 채워나가며 절레절레 고개를 저을 수밖에.

다른 사람을 가르친다는 게 이렇게나 보람찰 줄이야.

카를 체르니.

그 친구 이후로는 처음이다.

얼마가 지났을까.

채은이의 연주가 제법 완성도 있게 진행되었다. 스스로도 만족했는지 슬며시 다가와 물었다.

"오빠, 뭐 해?"

"지금은 몰라도 돼."

"채은이 연습 다 했어."

"한번 해봐."

채은이가 다시 피아노 앞에 가 처음부터 기교연습곡을 치기 시작했다.

'역시나.'

탁월한 박자 감각. 어린 나이에 하기에 버거운 수준이건만 완벽히 소화하고 있다.

'잘 가르쳐야지.'

지금 하고 있는 작업은 두 대의 피아노를 위한 소나타 D장조.

위대한 음악가 아마데.

모차르트가 작곡한 곡 중에는 두 대의 피아노가 조화를 이루며 연주하는 곡이 하나 있는데, 아직 막 걸음마를 뗀(그렇다고 하기에는 지나치게 빠르게 성장하고 있지만) 채은이에게는 버거울 것 같단 생각이 들었다.

'재미없어하기도 하고.'

슬슬 기교적인 부분을 반복 연습하는 것보다는 재미를 느끼며 연습할 수 있는 곡을 생각하다가 모차르트의 그 곡을 떠올려 직접 만들어보는 중이다.

'잘 따르니까.'

함께 연주를 하면 조금 더 재밌게 배울 수 있지 않을까 생각했다.

확실히 현대에 사용되는 많은 교본은 체계적으로 정리되어 있지만 이런 아이를 가르치는 일에는 그리 효과적이지 못하단 생각이 들었다.

기본은 당연히 중요하고.

기교를 반복 숙달하는 것도 중요하지만 무엇보다 이 어린 천재에게 필요한 일은 음악을 즐길 수 있는 환경을 만들어주는 것이다.

내가 그랬던 것처럼.

또 내가 가르쳤던 것처럼 엄격하고 무서운, 애증의 관계가 만들어지는 것은 원치 않았다.

정말 많은 연주자가 악기에 대해 말할 때 '애증'이란 표현을 많이 쓰는 것처럼 나 또한 그랬으니까.

이 아이마저 그렇게 성장하는 것은 보기 싫었다.

'나이를 먹어서 그런가.'

나도 참 부드러워진 것 같다.

"오빠, 다 했어."

"그럼 다음."

"힝. 싫어. 재밌는 거 할래."

"일주일만 연습하면 재밌는 거 가르쳐 줄게."

"정말?"

고개를 끄덕이니 채은이가 두 팔을 번쩍 들었다.

· 17악장 ·

7살, 밤과 고양이

채은이에게 피아노를 가르치다 보니 어느덧 더위가 찾아왔다.

이제는 밖에 있으면 아무것도 하지 않아도 땀이 날 정도였는데, 선풍기와 에어컨이라는 최고의 발명품과 함께 한가로이 지낼 수 있었다.

내 상태를 걱정한 히무라가 두 번째 앨범 작업에 대한 일정을 최대한 미룬 덕. 그러면서 가우왕이라는 사람과 함께하기로 조율 중이었던 이야기도 무산되었다.

히무라는 무척 아쉬워했지만 앨범은 천천히 내도 된다고 이야기했다.

덕분에 채은이에게 피아노를 가르쳐 주며 느긋하게 지내는데, 날짜가 다가올수록 안달이 나버리고 말았다.

올 봄에 작업을 한 영화 블랙맨 시리즈의 마지막, '블랙 나이트 인크리즈'의 개봉일이 성큼 다가왔기 때문.

시사회 때 초청을 받았지만 16일, 한국에서의 시사회에는 아버지의 일 때문에 함께 보러 가지 못할 것 같아 캔슬. 제작사로부터 직접 초청을 받은 미국 뉴욕 시사회는 26일로 한국 개봉일보다 늦기도 했고, 비행기를 타고 또 거기까지 가서 보려니 내키지 않았다.

가깝고 가족이 함께 볼 수 있는 한국 정식 개봉일에 맞춰 보는 게 최고다.

그 외에도 관객들의 반응을 직접 들을 수 있다든가, 어머니 아버지와 함께 볼 수 있다든가 하는 이유도 겹쳤기에 굳이 미국이나 일본에 갈 필요성을 느끼지 못했다.

한국에서는 7월 19일에 개봉한다고 하니, 이제 2주 뒤면 명장 크리스틴 노먼과 내 곡이 어떻게 어울렸는지 두 눈으로 직접 확인해 볼 수 있을 것이다.

무척 기대된다.

"엄마, 블랙 나이트 인크리즈 보러 갈 거죠?"

"그래야지? 도빈이가 만든 영화는 항상 함께 보러 갔잖니."

말이 나온 김에 어머니께서 컴퓨터를 켜 영화표를 알아보셨다.

잘 알아볼 순 없지만 궁금해서 옆에서 지켜보고 있는데, 어머니께서 무엇인가를 발견하셨는지 어 하고 감탄사를 내셨다.

"왜요?"

"도빈아, 이거 15세 관람가인데?"

"그게 뭐예요?"

"15세 미만은 관람을 할 수 없다는 뜻이야. 봐, 여기 그렇게 적혀 있잖니?"

어머니께서 가리킨 곳을 보자 정말 그렇게 적혀 있었다.

이건 또 무슨 상황인가 싶어 세상이 무너지는 것 같았다. 내가 참여한 영화를 내가 못 보다니. 이 무슨 황당한 법이란 말인가.

황망히 서 있자니 어머니께서 깔깔 웃으셨다.

"아하하하. 그렇게 놀랐어? 엄마랑 같이 가면 볼 수 있어요~"

"……"

어머니께서 날 속이시다니.

더욱 큰 충격이다.

그런 나를 귀엽다고 꼭 안으시는데 배신감과 끈적끈적한 날씨 덕에 몹시 언짢아졌다.

그런 와중에 들린 희소식이 반가웠다.

-도빈아, 루드 캣(Rude cat)이란 곳에서 작업 제안서가 왔어. 지금 집이야?

의사는 별문제 없다고 했지만 부모님과 히무라가 강제로 휴식을 취하게 했기에 5월부터 두 달간 채은이에게 피아노를 가르치는 것 외에 일이 없어 조금 심심하던 차였는데 일감이 생긴 모양이다.

히무라의 전화가 그렇게 반가울 수 없었다.

"네. 집이에요."

-그래. 어머님도 계시지? 곧장 출발할게. 삼십 분 정도 뒤면 도착할 거야.

전화를 끊으니 어머니께서 물으셨다.

"히무라 씨니?"

"네. 루드 캣이라는 곳에서 일을 하자고 제안이 왔다고 삼십 분 뒤에 온대요."

"루드 캣?"

어머니께서도 모르는 곳인가 보다.

"히무라가 오면 같이 설명 들어요."

"그래. 하지만 무리하면 안 된다?"

고개를 끄덕였다.

사실 돈이 없어 예전처럼 무리할 필요 없이 적당한 선에서 음악을 즐겁게 할 수 있는 상황이다.

어머니의 말씀처럼 무리한 일정을 소화하여 어린 몸을 축내는 게 도리어 멍청한 선택이라 생각했다.

'많이 벌었으니까.'

얼마 전에 다시 한번 정산을 받으면서, 'Dobean Bae 배도빈: 피아노와 바이올린을 위한 모음곡'이 현재까지 총 약 8억 3,331만 원의 수익을 올린 것을 확인할 수 있었다.

실 음반 판매량이 높기도 했고.

온라인이라는 곳에서도 많이 팔렸다고 했다.

히무라에게 이 상황을 설명 들으면서 애석한 사실을 알게 되었는데, 한국에서의 수입이 매우 적었다는 것.

히무라는 클래식 음악은 경우가 조금 다르지만 현재는 대부분의 음악이 온라인에서 판매되고 있다고 설명했다.

그런데 한국 시장에서 음원은 곡당 최저가가 60원 정도밖에 안 된다고.

그에 반해 주 판매처이자 구매처였던 일본과 미국에서는 곡당 최저 판매 가격이 한국의 약 30배 이상이라는 설명까지 들었을 때 놀라지 않을 수 없었다.

일본이 약 220엔, 미국은 약 70센트.

충격이다.

'시장 크기의 문제가 아니야.'

히무라는 애석한 일이긴 하지만 한국 음악 시장은 크기의 문제가 아니라 수익 구조의 문제라 말했다.

때문에 저작권자가 음반 판매만으로 충분한 수익을 얻기란 불가능하다고 한다.

그런 부조리한 구조에 대해 정확히 알지는 못하지만, 씁쓸하지 않을 수 없었다.

어찌 되었든 다행히, 일본과 미국, 유럽 쪽의 수입이 잘 나와 준 덕에 이 집도 사고 생활도 풍족하게 되었다.

연주회나 방송 출연, 영화 오리지널 스코어 등 추가 수입이 있다 보니 앞으로는 천천히 즐기면서 음악을 하자고 생각할 쯤.

히무라가 도착했다.

"어서 오세요."

"안녕하세요, 어머님."

히무라와 간단히 인사를 나눈 뒤 어머니께서 부엌으로 향하셨다.

"무슨 일이에요?"

이번에는 어떤 영화일까, 잔뜩 기대하고 물었는데 히무라가 뜻밖의 말을 꺼냈다.

"게임 오리지널 스코어를 만드는 일이야."

"게임?"

배영빈이 하던 것을 말하는 듯한데 무엇인지 정확히 몰랐다.

"하하. 영화 음악을 만드는 것과 크게 차이는 없을 거야. 게임도 영화랑 마찬가지로 스토리가 있고 장면이나 캐릭터에 맞는 음악을 만들어주면 돼."

고개를 끄덕이자 히무라가 설명을 계속 이어갔다.

"인크리즈를 작업했던 것처럼 앨범 전체를 만들면 돼. 혼자 하는 게 아니라 팀을 만들어도 괜찮다는 조건이 붙었어. 음악 감독으로서의 권한을 준다는 뜻이지."

팀이라.

하나의 곡을 함께 만들어본 적은 없었기에 꺼려지기는 했지만 음악 감독이란 뜻을 정확히 몰라 물었다.

"음악 감독이요?"

"음악을 만드는 데 전권을 가진다는 뜻이야."

"전권?"

"모든 권한."

일곱 살짜리 어린애에게 권한을 다 준다니, 통도 큰 회사다.

일단 계속 이야기를 들어보았다.

"음반 제작에 필요한 악단 섭외에 대한 결정 권한도 도빈이에게 준대. 여러모로 많이 배려해 주고 있어."

팀을 만든다는 권한은 잘 모르겠지만 이 부분은 확실히 좋다.

베를린 필하모닉과 함께할 수 있는지 오랜만에 푸르트벵글러에게 연락을 해봐야겠다.

많은 오케스트라의 연주를 들어봤지만 베를린 필하모닉만큼 내 마음에 쏙 드는 관현악단도 없으니까.

"작업 기간은요?"

"최대 10개월. 내년 6월에 출시 예정이야. 할 수 있을 것 같니?"

10개월이면 내년 4월까지 완성해야 한다는 말인데, 생각보다 넉넉하다.

충분히 공을 들일 수 있는 시간이라 고개를 끄덕였다.

"충분해요. 좋은 조건인 것 같아요. 큰 회사예요?"

히무라가 고개를 끄덕인 뒤 말했다.

"루드 캣이라고 게임업계에서는 꽤 유명한 곳이야. 여러 명작을 많이 만들었지. 성공을 많이 해서 장기 시리즈도 많고."

"그럼 이번에도 마지막 시리즈예요?"

지니위즈 죽음의 유물도, 블랙 나이트 인크리즈도 모두 시리즈의 마지막을 장식하는 작품이었다.

마지막을 함께할 수 있어 영광이지만 한편으로는 더 이상 그 작품들과 함께할 수 없다는 아쉬움도 분명 있었다.

"아니, 이번에는 첫 작품. 앞으로 이 시리즈는 모두 너한테 맡기고 싶대. 그래서 계약 규모가 좀 커."

장기적으로 많은 돈을 받을 수 있는 것보다 좋은 일은 없다. 안정적이니까.

"우선 이번 작품에 대한 제시액은 30만 달러. 다음 작품에 대해서는 35만 달러를 제시했어."

"그렇게나요?"

생각보다 많은 액수에 깜짝 놀라고 말았다.

지니위즈 시리즈나 블랙 나이트 트릴로지가 세계적으로 크게 성공한 시리즈라 큰돈을 받을 수 있었던 거라 생각했는데.

그보다 높은 액수를 준다고 하니 내 예상보다 루드 캣이라는 곳이 큰 회사인가 싶었다.

"응. 아무래도 경력이 있으니까. 지니위즈 시리즈도 대박이 났고 이리저리 네가 활동한 경력이 있으니까. 계약액을 조절할 여지는 아직 남아 있어. 조금 더 받을 수도 있을 것 같기도 하고."

"그게 가능해요?"

히무라가 이건 처음 제시 받은 계약 내용일 뿐, 얼마든지 항목이나 계약금에 대해 협상할 여지가 남아 있다고 해 한 번 더 놀랐다.

"보통 영화보다 게임 쪽이 시장 규모가 크지. 루드 캣도 크고 모회사인 유니 인터렉티브는 세계적인 대기업이니까. 이번에 네게 의뢰한 일도 AAA급이라는, 대규모 자본이 투자되는 거야."

이 시대에 조금 적응했다고 생각했는데 착각이었던 모양.

세계가 넓다는 걸 다시금 실감할 수 있었다.

"그리고 무엇보다."

"……?"

"도빈이, 너를 인정한 거지. 대작에 들어갈 음악인데 최고를 선택하는 건 당연한 일이니까."

히무라가 기분 좋은 말을 해주었다.

그렇게 언제 미팅을 할지, 어떤 식으로 접근할지 그리고 바라는 것은 무엇인지에 대해 이야기를 더 나누었다.

"한번 정리해 볼게."

히무라가 적어두었던 것을 보며 읊기 시작했다.

"녹음은 베를린 필하모닉과 함께한다. 팀은 필요 없고 보조자로 사카모토 료이치를 둔다. 게임을 이해하기 위한 지원을 아낌없이 한다. 이거면 되는 거니?"

고개를 끄덕이자 히무라가 흐음, 소리를 내며 고민했다.

"베를린 필하모닉과 녹음 작업을 하는 거야. 저쪽에서 먼저 자유를 줬으니 괜찮은데. 베를린 필의 입장이 어떨지 모르겠네."

"푸르트벵글러라면 도와줄 거예요."

"저번에 독일에서 뵈었을 땐 사카모토 선생님께 애니 음악 같은 거 만들지 말라고 화를 내셨잖아. 자존심이 강한 분 같던데."

"아."

그 생각을 못 했다.

"물어보는 건 네가 직접 해볼래? 아무래도 내가 하는 것보단 나을 것 같은데."

"으으으음. 네. 해볼게요."

나만큼이나 고집쟁이인 그를 어떻게 꼬셔야 할까 생각하다가 일단은 이야기부터 해보자고 생각했다.

"그리고 사카모토 선생님이라면 지금 좀 바쁘실 거야. 이것도 여쭤봐야 알 수 있을 것 같아."

"많이 바빠요?"

"응. 버서커즈라는 만화가 내년 2월에 극장판으로 나오거든. 그거 음악 작업을 하고 계신 걸로 알고 있어."

내년 2월이면 일정이 겹친다.

아무리 친하다고 해도 그의 일정을 망가뜨릴 수는 없는 법. 그래서 이야기를 안 했는데, 히무라가 슬쩍 물어봤는지 전화가 왔다.

사카모토 료이치는 껄껄 웃으며 흔쾌히 수락했는데, 나를 도와주기 위해 바쁜 와중에도 이렇게 나서준 게 조금 감동이었다.

"고마워요, 사카모토."

-하하핫! 고맙긴 무슨. 루드 캣의 신작 게임이라니. 내가 빠질 수야 없지 않은가. 이거 벌써부터 기대가 되는군.

"게임 음악은 처음이라 사카모토가 도와주면 좋을 것 같았어요. 이런 거 많이 작업해 봤으니까."

-그럼! 음음, 이거 가장 빨리 스토리를 볼 수 있다니 정말 참을 수가 없군. 계약은 아직인가?

"네."

-빨리 하고 일정을 알려주게. 최대한 빨리.

"……네."

이제 보니 날 도와주려는 게 아니고 자기가 하고 싶을 뿐인 것 같다.

그렇게 세부 조항에 대해 조금 더 서로의 조건을 맞춘 끝에.

나는 루드 캣과의 두 작품 계약을 총액 70만 달러로 계약하였다.

♪

"나도 볼래."

"채은이는 아직 어려서 안 돼. 나중에 크면 보자?"

"오빠도 보는데……. 히잉."

옆집 아주머니가 너무 자극적이란 이유로 채은이를 달랬다.

결국 어쩔 수 없이 손을 흔들며 나를 배웅했는데, 달래기 위해 준 초콜릿을 문 채 눈물을 글썽이는 게 조금 귀여웠다.

"도빈이도 원래 보면 안 되는 거야?"

"네……."

어려서 불편한 점이 또 한 번 생겼다.

7월 19일.

루드 캣과의 계약을 성공적으로 마치고 기분 좋게 어머니 아버지와 함께 영화관으로 향했다.

“재 배도빈 아니야?”

“어머. 맞네. 맞네! 대박!”

“엄마아빠랑 같이 온 모양이네? 진짜 너무 귀엽다.”

“귀여워~”

주변에서 나를 알아보는 소리가 들렸지만 뭔가 가까이 다가오지는 않아 신경 쓰지 않았다.

“빨리빨리.”

“안 늦었어요. 아직 30분이나 남았는걸요?”

반면 아버지께서는 아예 오늘 하루 일을 나가지 않을 정도로 잔뜩 기대하고 계셨다.

“도빈아, 절대. 절대 무슨 이야기 나오는지 설명하면 안 된다?”

블랙 나이트의 1편과 2편을 볼 때 아버지께서 옆에서 이것저것 설명을 하는 통에 불편했던 기억이 떠올라 조금 황당했다.

“당신은. 당신이야말로 얌전히 봐요.”

무슨 일인지 어머니께서 아버지를 혼냈다.

어머니를 올려다보자 내가 태어나기 전의 이야기를 하셨다.

“1편 나왔을 때 엄마랑 아빠랑 영화관에 갔는데 어찌나 말이 많던지. 주변 사람들이 눈총을 줘서 혼났다니까? 도빈이는 그러면 안 돼?”

“네.”

“그, 그런.”

곤란해하는 아버지를 두고 어머니가 앞장서 걸어갔다.

좋아하는 것에 대해 말하고 싶은 마음은 잘 알지만, 평소에 서로 죽고 못 사는 어머니께서 아버지에게 저렇게 말씀하실 정도라면 어지간히 시끄러웠을 것이다.

그렇게 조금 요란스럽게 영화관에 입장했다.

어떻게 꾸며졌을지 너무도 기대되었다.

영화가 끝나고.

같은 상영관에서 영화를 본 사람들은 저마다의 표현으로 블랙 나이트 인크리즈를 찬양했다.

"와, 나 기저귀 차고 볼 걸 그랬어."

"미친. 킥킥킥킥. 아, 근데 진짜 대박이다."

"응응. 나 지금 영화 보고 나왔어. 어. 개쩔어. 꼭 봐. 아니, 나 두 번 볼 거니까 같이 오자."

나 역시 그 장대한 서사시의 마무리를 곱씹는데, 시장함을 느껴 핸드폰을 꺼내 시간을 확인하자 벌써 점심시간이었다.

아침에 왔는데 벌써 점심이라니.

러닝타임이 170분이 넘었다는 사실에 깜짝 놀라고 말았다.

단 한시도 지루할 틈 없이 재밌게 봤는데, 그렇게까지 사람을 몰입시킬 수 있었던 크리스틴 노먼 감독의 역량에 감탄할 뿐이었다.

"크으! 진짜 크리스틴 노먼이라니까. 도빈아, 그 사람 어때? 역시 대단한 사람이지?"

"네. 대단한 사람이에요."

나만큼이나 즐거워하는 아버지를 보고 어머니와 함께 웃었다. 영화 볼 때 설명하지 말라고 어머니께서 말씀하셨지만, 굳이 그러지 않아도 되었을 것 같았다.

영화를 보는 내내 아버지는 눈을 크게 뜨고 정말 푹 빠져 계셨으니까.

"배고파요."

"그래, 엄마도 배고프네. 도빈이 뭐 먹고 싶어?"

"카레요."

[명작의 아쉬운 마무리]

크리스틴 노먼 감독의 2012년 개봉작 블랙 나이트 인크리즈가 개봉되었다.

누구도 부정할 수 없는 최고의 2편에 이은 3편은 기대에 못 미치는, 크리스틴 노먼 감독의 실수였다.

이야기가 진행되는 와중 대사와 행동으로 캐릭터에 대한 묘사가 훌륭했던 2편과 달리, 인크리즈의 '네임리스'는 초반 타인의 대사로 설명

될 뿐이다.

반면 압도적인 영상과 연출에는 박수를 보낸다.

혼돈에 빠진 사람들의 모습을 비추는 방식과 비장한 분위기를 연출하는 장면은 과연 명장 크리스틴 노먼의 작품이라 할 만하다.

이 과정에서 배도빈의 음악이 큰 역할을 수행하였음은 자명한 사실.

선뜻 조잡한 영화에 170분간 몰입할 수 있었던 이유는 순전히 노먼 감독의 연출과 배도빈의 음악 덕분이었다.

-영화 평론가 로저 진(★★★☆)

[전설의 마무리. 압도적인 170분]

2005년과 2008년에 이어 4년 만에 후속작 '인크리즈'가 개봉되었다.

명장 크리스틴 노먼이 감독한 인크리즈는 블랙 나이트 앞에 최고의 트릴로지라는 수식어를 붙이기에 충분했다.

여전히 강렬하고 깊이 있는 서사는 압도적인 영상으로 투사되어 170분 동안 숨 막히게 표현된다.

그것으로도 모자라 배도빈의 장중한 음악이 더해져 관객은 보는 내내 정신을 차릴 수 없다.

-영화 평론가 레너드 리키(★★★★)

[거장의 음악에 전율하다]

혹자는 이제 갓 여섯 살의 아이에게 거장이란 표현을 쓰는 데 거부감을 느낄지도 모른다.

더욱이 음악 활동을 한 지 이제 2~3년밖에 안 되는 사람에게 붙인다면 말도 안 된다는 혹평을 피할 수 없을 것이다.

그러나 배도빈을 거장이라 하는 데 부정할 수 있는 사람은 없을 것이다.

'인크리즈'의 오리지널 스코어를 총 감독한 배도빈은 자신의 탁월한 해석 능력을 보여주었다.

주제음과 모티브는 영화 음악에 중요한 요소다.

의미가 있는 장면을 연결할 때 항상 모티브를 들을 수 있는데, 이는 장면과 장면의 유사성을 잇는 중요한 장치로 활용된다.

때문에 각 장면의 분위기에 맞춰 모티브는 적절하게 변형되어 사용되는데, 배도빈은 이 변화를 매우 효과적으로 표현해 냈다.

마치 베토벤처럼 말이다.

베토벤의 C단조 교향곡(운명)은 처음부터 끝까지 모티브의 변형으로만 구성된, 악성의 집착과 집념과 음악적 역량을 보여주는 걸작이다.

나는 '인크리즈'에 사용된 배도빈의 장면마다 적절히 변형하는 것을 보며 감히 그를 떠올려 보았다.

-한스 짐(그래모폰)

여러 전문가의 평이 갈렸으나 영광스러운 피날레였다는 평가만큼은 이견이 없었다.

2012년 개봉한 영화 블랙 나이트 인크리즈는 대한민국에서만 관객 수 최단 시간 300만 명 돌파라는 기록을 세웠다.

앞서 개봉한 맥스 스튜디오의 세이버즈가 개봉 닷새 만에 약 180만 명의 관객을 유치하였기에.

많은 사람이 최고의 트릴로지가 마무리 되고, 그 뒤를 이을 최고의 시리즈가 시작된 한해라고 평했다.

세계적으로는 더욱 흥행하였는데, 비록 아쉬운 부분이 있으나 그 몰입도와 훌륭한 마무리라는 데에는 의견이 증명하듯.

전미 5억 9,000만 달러. 해외 7억 4,000만 달러의 수익을 올리면서 총 13억 3,000달러를 벌어들였다.

지니위즈와 죽음의 유물 2부에 이어, 역대 5번째 흥행 성적이었으며, 앞서 개봉한 세이버즈와 나란히 10억 달러 이상의 수익을 올린.

2012년 최고의 흥행작이었다.

TV에서 매일 내 이야기를 하고 있어 슬쩍 그 이야기를 듣고 있는데 한국 사람들이 나를 참 좋아한다는 걸 새삼 느낄 수 있었다.

나와는 대화 한 번 나누지 않았는데 저렇게까지 응원을 해 힘을 주는 것을 보니 고마운 생각이 들었다.

"네. 샛별 엔터테인먼트입니다. 아, 예. 예. 관련 내용은 메일과 팩스로 보내주시면 감사하겠습니다. 네. 우선은요. 네."

"감사합니다. 라이징 스타 엔터테인먼트입니다. 아, 네. 네. 연주 문의는 공식 메일로 의뢰해 주시면 검토 후 연락드리고 있습니다. 네. 감사합니다."

"……."

그 때문인지 히무라와 박선영은 무척 바빠 보였다.

사무실 전화기는 물론 두 사람의 핸드폰까지 연달아 울리는 모습을 보며 나는 계속 TV를 볼 뿐이었다.

뉴스도 같은 이야기가 반복되어 요즘 리메이크되어 방송되고 있는 지구방위대 가랜드를 보는데 끝나고 나서야 히무라와 박선영이 한숨을 내쉬었다.

"후우."

"이제야 좀 살 것 같네."

"대표님, 하루 종일 전화랑 메일 확인하는 데 시간을 다 쓰는 거 같아요. 사람 한 명 더 둬야 하지 않을까요?"

박선영의 말에 히무라가 조심스레 고개를 저었다.

"그러면 좋겠지만. 수입이 일정해지지 않으면 곤란해질 수 있으니까. 현재로서는 도빈이가 일을 안 하면 수입이 없잖아. 계약을 하면서 늘려가야지."

내 기억으로는 내 수입의 1할을 매니지먼트, 그러니까 히무라에게 주기로 했다.

올해 내가 1억을 벌면 천만 원.

그보다는 많이 벌어서 히무라에게도 적지 않은 액수가 들어갔지만 그런 와중에 박선영의 월급도 챙겨줘야 하니 빡빡할 것 같단 생각이 들었다.

'올해만 따지면 9억?'

얼마 전에 맺은 루드 캣과의 계약으로 대박이 나서 수입이 크게 올랐는데, 그 정도면 괜찮지 않을까 하다가 항상 이렇게 많이 벌 순 없을 테니 히무라의 걱정도 이해가 되긴 했다.

"돈이 많이 부족해요?"

"아아. 아냐. 도빈이는 그런 거 신경 안 써도 돼."

모르긴 해도 이 사무실을 빌리는 데만 해도 돈이 적잖게 들고 있을 것이다.

엑스톤에서 남부럽지 않게 벌었을 히무라가 저러니 마음이 아팠다.

그렇다고 무작정 비율을 조절해 줄 수는 없었기에 어찌해야 하나 고민하던 차.

수익을 내는 사람이 늘어나면 되지 않을까 싶어 물었다.

"히무라, 한 사람 더 늘면 어때요?"

"으음. 그건 그렇지만 아무래도 월급을……."

"아니요. 음악 하는 사람."

"아, 그 말이었구나."

잠시 생각을 하던 히무라가 조심스레 말을 꺼냈다.

"아무래도 그렇지. 실제로 관리하던 사람들이 회사 차렸다고 하니까 많이 연락을 해줬는데, 지금은 너한테만 집중하고 싶어서 거절했어. 앞으로 당분간은 마찬가지고."

"당분간?"

"네가 좀 컸을 때?"

"아."

고개를 끄덕이자 히무라가 작게 웃은 뒤 말했다.

"걱정해 줘서 고맙지만 이런 건 나한테 맡기고 넌 음악만 즐겁게 하면 돼. 알겠지?"

분명 훌륭한 피아니스트가 될 최지훈을 생각해 말을 꺼냈지만 히무라의 방침이 완고했다.

확실히 아직 이르다 보니 나중에 이야기를 꺼내도 될 것 같다.

'5, 6년 정도 더 배우면 충분할 것 같은데.'

그때까지 히무라와 박선영이 고생할 것을 생각하니 안쓰러워졌다.

채은이와 함께 연주할 곡을 완성시킨 주말.

[나 너희 집 놀러가도 돼?]

오늘도 어김없이 채은이에게 피아노를 가르쳐 주고 있는데, 최지훈이 문자를 보냈다.

[안 돼.]

[왜? 나 너랑 놀고 싶단 말이야.]

[바빠.]

[이미 너희 집 앞인데?]

[돌아가. 왜 출발하기 전에 묻지 않은 거야?]

[힝ㅠㅠ 도빈아ㅠㅠ]

약속도 없이 찾아온 녀석을 그냥 보내려다 전화를 걸었다.

저번에 보이는 라디오에서 듣기로는 제법 실력이 늘었는데, 지금은 어떨까.

'놀라겠지.'

채은이의 연주가 최지훈에게도 좋은 자극이 될 것 같다.

"엄마."

최지훈에게 문자를 보내고 거실로 나왔다.

"왜? 간식 줄까?"

"괜찮아요. 실은 친구가 온다고 하는데 괜찮아요?"

너무 갑작스러운 일이지만 그래도 어머니께 여쭤봐야 하는 법.

예상은 했지만 너무나 반가워하셨다.

"정말? 친구? 어떻게? 사카모토 씨나 푸르트벵글러 같은 할아버지 말고? 아니, 언제?"

순식간에 질문을 다섯 개나 받아버렸다.

18악장

7살, 노력과 집념과 재능

"음악 학원 다닐 때 사귀었어요."

너무 좋아하셔서 도리어 부담이 될 정도였는데 어머니께서는 갑자기 손님맞이 할 준비를 하기 위해 분주해지셨다.

"먹을 게 많이 없는데 어쩌지. 장 보러 다녀와야 하나? 그래, 그게 좋겠다. 도빈아, 잠깐 채은이랑 같이 있을 수 있지? 엄마 요 앞에 마트에 좀 다녀올게."

"그러지 않으셔도 괜찮아요."

돈 많은 집안 자식이라 항상 맛있고 좋은 거 먹고 다닐 테니까.

도리어 어머니께서 열심히 준비하신 음식을 먹고 반응이 안 좋으면 화날 것 같다. 최지훈이 예의 바르긴 해도 애다 보니 그럴 수 있을 것 같았기에 말렸는데.

"아니야. 엄마가 해주고 싶어서 그래."

"……."

막을 방법이 없다.

그렇게 대화를 나누는데, 초인종이 울렸다.

"도빈아, 노올자~"

밖에서 최지훈의 목소리가 들려 현관문을 열어주었더니 멀끔한 차림의 노인과 함께 최지훈이 서 있었다.

"이분은?"

"나 돌봐주시는 분이야. 집사님, 저 여기서 놀고 돌아갈 때 연락드릴게요."

집사라니.

누가 보면 어디 귀족 가문인 줄 알 것이다.

"어머나."

뒤따라 나온 어머니께서 최지훈과 집사라는 노인을 번갈아 보며 놀라셨다.

"안녕하세요, 최지훈입니다. 도빈이 친구예요."

"예의 바르기도 해라. 어서 오렴."

"안녕하십니까, 부인. 모쪼록 잘 부탁드립니다. 그리고 이걸."

"부인이라뇨. 아하하. 이런 거 안 사오셔도 되는데. 어머, 이건……."

"도련님의 부친께서 보낸 선물입니다. 부인께서 마음에 들어하실지 모르시겠지만 정성을 담아 보내드린다 하셨습니다."

최지훈의 아버지라.

참 좋은 사람인 것 같다.

"감사해라. 오랜만에 먹어보겠네요. 아, 내 정신 좀 봐. 안으로 들어오셔서 차라도 한잔하세요."

어머니께서 안으로 들어오라는 제스처를 취하자 최지훈이 '실례합니다'라고 말하며 들어왔고 집사는 정중히 고개를 숙였다.

"감사합니다만 일이 있어서 그러진 못할 것 같습니다. 그럼."

집사가 돌아간 뒤 어머니께서 선물과 최지훈을 번갈아 보셨다.

"이 비싼걸……."

"뭔데요?"

비싸다고 하니 궁금해져서 물었다.

"건전복이라고 전복을 말린 거야. 어머 이거 봐. 길품이네? 예전에 먹던 곳인데. 지훈아, 구하기 어려웠을 텐데 보내주셔서 감사하다고 아빠한테 말씀드려 줄래?"

"네!"

힘차게 대답한 최지훈을 보며, 어머니께서 무엇인가 떠오르신 듯 반갑게 목소리를 내셨다.

"아! TV에 나온 적 있었지? 어디서 많이 본 얼굴이더라. 저번에 도빈이랑 라디오도 했었고?"

"네! 헤헤헤."

쑥스러워하는 최지훈과 녀석을 흐뭇하게 바라보는 어머니. 친구를 데려왔다는 데 무척 기쁘신 듯하다.

"잘 왔어. 들어가서 놀고 있으면 아줌마가 간식 가져다줄게. 도빈아, 엄마 잠깐 나갔다 올게?"

"감사합니다! 다녀오세요!"

"네. 다녀오세요."

어머니께서 집 밖으로 나선 뒤, 최지훈이 물었다.

"뭐 하고 있었어?"

"피아노 가르치고 있었어."

"어?"

의아해하는 최지훈과 방에 들어서자 채은이가 반갑게 이쪽을 봤다가 흠칫 놀랐다.

'아, 낯을 가렸지.'

"아, 진짜 피아노 가르쳐 주고 있었나 보네? 안녕. 난 최지훈이야."

"……."

채은이가 안절부절못하며 내 눈치를 봤고, 최지훈은 뭐가 그리 좋은지 싱글벙글 웃고 있다.

두 사람의 온도 차이가 심하다.

"내 친구야. 괜찮아."

"……안녕."

채은이가 어렵게 인사를 했다.

"근데 갑자기 왜 온 거야?"

"아빠가 너랑 친하게 지내라면서 놀러 가래."

"어?"

앞뒤 내용이 다 빠져서 무슨 뜻인지 이해할 수 없었다.

"나도 몰라? 레슨 시간인데도 놀라고 하셔서 그냥 와버렸어."

"나랑 놀고 싶은 게 아니라 그냥 놀고 싶은 거였구만."

"아니야! 놀고 싶지만 너랑 노는 게 더 좋은 거야!"

미묘하게 다른 것을 굳이 말한 녀석을 보곤 피식 웃었다.

레슨을 피해서 이쪽으로 오다니.

더 훌륭한 선생에게 피아노를 배우러 온 아주 현명한 학생이 아닌가.

"그럼 잠깐 거기 있어봐. 채은이랑 약속한 게 있어서."

"응. 와, 이게 다 뭐야? 악보? 너가 만든 거야? 봐도 돼?"

"응."

고개를 끄덕이는 최지훈을 두고 채은이 옆에 섰다.

차채은을 위한 연습곡 1번 C장조(Studie für Engel nr. 1 C Dur).

3분 정도의 짧은 곡으로 속도는 적당히.

현재 차채은의 수준보다 조금 높은 정도로 몇 번 연습하면 금방 칠 수 있게 만들었다.

본래는 피아노 두 대를 놓고 협주를 하는 연탄곡이지만 우리집에는 피아노가 한 대뿐이라 채은이가 이 곡에 익숙해지면 녹음실에 가서 함께 연주할 생각이다.

"자, 들어봐."

"응."

여덟 마디씩 연주해 주고 직접 쳐보게 한 다음 악보 설명.

일단 먼저 멜로디를 익히게 하고 설명을 하는 게 채은이를 위한 맞춤형 강의다.

"해볼래?"

"응, 응."

의욕적으로 건반에 달라붙어 연주를 하기 시작한 채은이는 정확하게 연주를 해나갔다.

다섯 번 틀리던 걸 다음 연주에는 네 번 틀리고. 그다음 연주에는 한 번을 틀린다.

그런 뒤에는 완벽하게 내가 연주했던 그대로의 연주를 해나가는 모습을 보며 기특했다.

슬쩍 최지훈을 보니 내색하지 않으려 하고 있지만 놀란 기색을 숨기지 못하고 있었다. 그도 그럴 것이 기초적인 곡이라 해도 무려 다섯 살짜리 꼬마가 처음 보는 곡을 한 시간 만에 완벽히 연주를 했으니까.

내 기준이라 최지훈에게는 어린애가 그럴듯한 곡을 훌륭한 연주한 것처럼 보였을 것이다.

“재밌어!”

“잘했어.”

머리를 쓰다듬으니 신나서 다시 한번 차채은을 위한 연습곡 1번을 연주하기 시작했다.

“도빈아.”

최지훈이 불러 고개를 돌렸다.

“이건 무슨 곡이야?”

“체르니 교본이나 하농 연습곡은 재미없어 하길래 만들었어.”

카를 그 친구에게는 안타까운 일이지만 말이다.

“쟤는 언제부터 피아노 쳤어?”

“글쎄. 한 세 달 됐나?”

“세 달?”

깜짝 놀란 최지훈이 충격을 받은 듯 목소리를 크게 냈다.

덕분에 깜짝 놀란 채은이가 실수를 해버렸고 하던 연주를 멈추고 이쪽을 보았다.

“너도 쳐봐.”

“응?”

“봐줄게. 저번에 들어보니까 많이 늘었던데?”

“아, 응…….”

채은이에게 가서 말했다.

"저 오빠도 쳐보고 싶대. 괜찮아?"

채은이가 고개를 끄덕이며 자리를 비켜주었고 조금 긴장을 한 최지훈이 자리에 앉았다.

"뭐 치지?"

"좋아하는 거."

잠시 숨을 고른 뒤 최지훈이 발랄한 음을 만들기 시작했다.

'이건.'

아마 쇼팽이란 사람의 에튀드(étude: 연습곡)일 것이다.

채은이를 가르치기 위해 찾아본 교본에서 본 기억이 났다.

오른손이 검은 건반만을 연주하는 곡인데 언젠가는 채은이에게도 가르쳐 줄 생각을 했었다.

다른 연습곡들과 다르게 쇼팽이란 남자의 연습곡은 분명 '즐겁게' 연주를 할 수 있었으니까.

슬쩍 채은이를 보자 초콜릿을 받았을 때의 표정을 짓고 있었다.

잔뜩 기쁜 모양.

이 달콤한 연주가 채은이에게는 초콜릿만큼이나 기쁜 듯, 내 소매를 꼭 잡고 흔들고 있었다.

'그나저나.'

확실히 나쁘지 않은 수준이다.

이제 갓 여덟 살인 최지훈이 이만한 연주를 한다는 건 분명 놀랄 만한 일이다.

일반적으로는 또래, 아니, 위로 다섯이나 여섯 살은 많은 사람이 꾸준히 연습을 했다고 쳐야 저만큼 연주할 수 있을 테니까.

최지훈의 재능이 그리 훌륭하지 않은 것을 감안했을 때 얼마나 많이 노력했는지 알 수 있었다.

단 하나의 곡을 저렇게 표현하기 위해서 얼마나 반복했을지.

"후우."

최지훈이 연주를 마쳤다.

"잘 치잖아?"

"으, 응."

두 눈이 똘망똘망한 채은이를 보더니 최지훈이 의기양양하게 말했다.

"그럼. 난 천재니까."

"아니야."

"힝."

"그래도 이렇게까지 잘 칠 줄은 몰랐어. 얼마나 연습한 거야?"

내 말에 최지훈이 감격했다.

"일주일 동안 이것만 쳤어."

"일주일?"

"응. 하루에 10시간 정도?"

미쳤구만.

만일 누군가의 강요가 아니라.

저 어린 녀석이 스스로의 의지로 그만큼 노력을 했다면 그건 그것대로 대단한 일이다.

스윽스윽-

소매를 붙잡고 있던 채은이가 나를 당겼다. 고개를 돌리자 방끗 웃으며 말했다.

"오빠, 나두. 나두 가르쳐 줘."

"음."

방금 최지훈이 연주한 곡은 쳐본 적이 없어서 잠시 망설이다가 박선영이 구해다 준 교본 목록을 뒤적였다. 한쪽 구석에 있는 악보집을 찾아 펼쳐 올려놓고 피아노 앞에 앉았다.

"너도 이거 칠 줄 알아?"

"칠 수야 있겠지. 처음이지만."

"……."

잠시 악보를 살핀 뒤 건반 위에 손을 얹었다.

♬♪♬♪

♪♪♪♪

'과연. 이런 기분인가.'

연습곡은 정말로 많지만 쇼팽의 연습곡은 묘한 느낌을 준다.[4)]

음악적 아름다움은 물론 곡 안에 있는 활기를 느낄 수 있다. 이런 곡이라면 피아노를 배울 때 분명 즐거울 터.

적당한 난이도까지 붙어 기초 단계를 넘어서 오기에 참 좋다는 생각이 들었다.

그 무렵이 가장 힘든 시기니 말이다.

채은이를 위한 연습곡을 만들 때 참고를 해도 또는 그대로 사용해도 괜찮을 것 같다는 생각이 들었다. 직접 연주를 해보니 그 생각에 확신이 생긴다.

연주를 마치고 일어서자 최지훈이 멍청한 표정을 짓고 나를 보고 있었다.

채은이는 내게 다가와 피아노 의자에 앉으려 하고 있다.

"왜?"

"진짜…… 처음 치는 거야?"

"응."

"그렇구나."

녀석이 무슨 생각을 하고 있는지 눈에 뻔히 보인다.

"난 이거도 엄청 연습해야 했는데……."

"받아들여야 해."

4) 부록-쇼팽의 연습곡

"어?"

"너보다 잘하는 사람이 없을 순 없어. 피아노든 작곡이든. 그거 보면서 좌절할 필요 조금도 없어. 넌 일주일 연습해서 이 곡 잘 치게 되었잖아."

"……."

"다른 곡도 똑같아. 하루에 10시간씩 피아노만 칠 정도로 좋아하잖아. 그게 네 장점이야. 다른 애들은 하루에 3시간만 쳐도 힘들다고 징징대니까, 너는 10시간 열심히 치면 돼."

억울할 수 있다.

분할 수 있다.

그러나 그 정도로 멈춘다면 정말 더 못한 사람으로 남을 뿐이다.

흔히 음악사에 이름을 남긴 이들이 천재라고들 생각하겠지만, 그들은 가진 재능에 더불어 일생을 오직 음악을 하는 데에만 미쳐 있었다.

그러하기에 그런 사람이 될 수 있었던 것.

나조차 신체적 장애를 극복하기 위해 모차르트라는 노력하는 천재에 닿기 위해 어렸을 적부터 오직.

오직 음악만을 해왔다.

정말 분하다면.

음악을 좋아한다면 한평생을 바칠 각오와 그것을 이어나갈 수 있는 집념이 있어야 할 것이다.

'채은이를 보면 또 다르지만.'

저 아이의 경우에는 나와 달리 '즐기는 것'일 테지만.

최지훈.

내 친구 최지훈은 나와 비슷하다.

"……맞아. 더 연습하면 되겠지. 그럼 괜찮아."

비록 웃고 있지만, 저 어린 가슴은 속이 타들어 갈 터.

그것을 이겨냈을 때 최지훈도 훌륭한 음악가가 될 터다.

그렇게 녀석에게 동기를 부여해 주었을 때.

♬♪♬♪

♪♪♪♪

채은이가 쇼팽의 연습곡을 치기 시작했고 기껏 불타올랐던 최지훈이 차갑게 식어버렸다.

'지훈이 가면 치자, 채은아.'

고작 두 번 들었다고 어설프게 연주하는 것을 보고 나조차 어이가 없어졌다.

NBC 예능국.

전국에 있는 수재를 찾아 소개하는 프로그램 수재원정대의 제작진은 매주 새로운 사람을 찾기 위해 분주했다.

오늘도 다음 대상을 찾기 위한 회의를 진행하고 있었는데, 그것은 다름 아닌 배도빈.

세계적인 명성을 쌓아가는 배도빈으로 인해 클래식 음악 붐이 형성된 대한민국은 연일 배도빈에 대한 이야기로 시끌벅적했다.

최연소 그래미 본상을 수상하였고 그 외에도 도무지 믿을 수 없는 일화를 만들어가고 있었기에.

수재원정대 팀은 그를 섭외하고자 총력을 기울였다.

그렇게 매일같이 배도빈의 소속사인 샛별 엔터테인먼트에 연락을 넣기를 수개월째.

그간 많은 TV프로그램이 배도빈만 섭외하면 시청률이 대박이 났었기에 수재원정대의 박 PD는 안달이 나 있었다.

그러나 오늘 뜻밖의 소식을 듣고는 기어이 그의 목소리가 높아졌다.

"뭐? 배도빈 섭외가 불발이라고?"

"네. 거절당했어요."

"하아. 시발. 되는 일이 없어. 되는 일이! 대체 뭣들 했던 거야? 어? 시청률 떨어지고 있는 거 몰라?"

"……"

"뻔히 알면서 왜 죽자 살자 안 달려들어? 내가 이렇게 매번 소리를 쳐야 해? 어?"

"아닙니다."

씩씩대던 박 PD가 겨우 숨을 고르고는 입을 열었다.

"이유가 뭐야? 어?"

"건강 때문이래요. 일정이 너무 바빠서 요즘 몸이 안 좋은 모양이에요. 다른 활동도 안 하고 있어요."

"제기랄. 다들 게시판 못 봤어? 수재원정대에 배도빈이 나오지 않는다는 게 말이 돼? 미치겠네, 진짜."

잔뜩 성이 난 박 PD 때문에 회의실에는 적막이 흘렀다.

선불리 말을 꺼냈다간 오늘 성질 더럽기로 소문이 난 박 PD에게 제대로 털릴 것 같았기 때문이었다.

그러나 그런 와중에 용기를 낸 사람이 한 명 있었다.

"PD님, 최지훈은 어떨까요?"

"누구?"

"최지훈이라고 피아노로 꽤 유명한 애 있어요. 나이도 어리고요. 이제 여덟 살인데 중학생들보다 잘한다고 몇 번 방송에도 나왔었어요."

대안이 나오자 박 PD도 고민을 하다 이내 한숨을 내쉬었다.

다른 문제도 아니고 건강 때문에 활동을 못 하는 배도빈을 끌어올 순 없으니 꿩 대신 닭이라고 생각할 수밖에 없었다.

"어쩔 수 없지. 가만. 걔 EI전자 최우철 사장 아들 아냐?"

"아, 맞아요."

"재벌 2세라. 천재 재벌 2세. 괜찮은데? 실력은 진짜고?"

"대회에서 상도 많이 받았다고 했어요. 그럼 잘하는 거 아닐까요?"

"그건 모르지. 김 작가, 너 어렸을 때 피아노 쳤다며. 어려운 곡 하나 말해봐."

"어려운 곡이요?"

"어려운 곡을 치는 걸 보여줘야 사람들이 좋아할 거 아냐."

잠시 고민을 하던 김 작가가 입을 뗐다.

"글쎄요. 여덟 살이라면…… 연습곡만 잘 쳐도 대단할걸요?"

"야야, 연습곡이 뭐야. 어려운 걸 말해보라니까?"

김 작가는 내키지 않았지만 PD의 말에 어쩔 수 없이 자신이 피아노를 쳤을 때 제대로 못 쳤던 곡을 언급했다.

"베토벤의 피아노 소나타 F단조라는 곡이 있어요."

"그게 제목이야? 뭐, 그럼 녹화할 때 그거 한번 시켜보자고. 일단 빨리 섭외부터 해봐."

참가한 콩쿨에서는 단 한 번도 우승을 놓친 적이 없는 천재 피아니스트 최지훈.

대중은 정말 오랜만에 등장한 진짜 천재를 바랐지만, 최지훈 역시 활동 내역만 보면 충분히 호감을 끌 요소가 많았다.

재벌 2세. 학교 성적 우수. 외모.

그리고 음악적인 자질까지.

박 PD는 배도빈의 대체재로서 충분히 가능성이 있다고 판단했고, 결국 수재원정대는 최지훈이란 또 다른 수재를 선택했다.

그렇게 접촉을 하고 촬영 일정을 조율하기까지 약 두 달.

각 분야에서 재능을 발휘하는 수재를 찾아 소개해 주는 프로그램 '수재원정대'에 마침내 최지훈이 출연하였다.

가을이 오기 전 여름이 마지막 심술을 부렸다.

루드 캣이 제작하고 있는 게임 시나리오와 관련 정보를 검토하는 날이 반복되었다.

루드 캣에서 내가 이해하기 쉽게 한글과 독일어로 번역하여 보내주었기에 다른 사람을 거쳐 보는 번거로움이 없어 작업은 순조로웠다.

게임 제목은.

'더 퍼스트 오브 미(The first of me)'.

뭔가 이해할 수 없는 설정이 있었는데 그런 부분에 대해서는 히무라나 배영빈에게 물어 설명을 보충할 수 있었고.

곧 그 감동적인 스토리에 푹 빠지고 말았다.

그러는 와중에도 틈틈히 채은이에게 피아노를 가르쳐 주었는데 이제는 제법 기초가 잡혀 슬슬 연탄곡을 맞춰볼까 생각하게 되었다.

'이제 한동안 못 볼 테니까.'

가기 전에 선물 하나 해줘야겠다고 생각하고.

루드 캣의 게임에 어떤 음악을 넣어야 할까 건반을 눌러댔다.

대충의 테마는 잡아두었는데 내가 원하던 조건이 하나 불발된 것이 아쉬울 뿐.

내년 4월까지는 여유롭게 작업할 수 있을 것 같았기에 그리 급하지는 않다.

다만 내가 원하던 게 하나 이루어지지 않아 심기가 불편한 것이다.

'못된 푸르트벵글러.'

루드 캣과 계약을 마친 뒤 나는 곧장 푸르트벵글러에게 전화를 했었다.

반갑게 인사를 나눈 뒤 게임에 사용될 곡을 녹음해 줄 것을 요청하자 푸르트벵글러는 그런 짓 하지 말고 빨리 돌아오라는 억지를 부렸다.

타협점을 찾을 수 없었던 난 결국 루드 캣이 있다는 산타 모니카 주변의 오케스트라를 찾았고.

또다시 토마스 필스와 함께하게 되었다.

이것도 정말 인연은 인연인 모양.

미국에서는 거의 대부분 캘리포니아주에만 머물렀는데 이번에도 그쪽으로 가게 되어 신기하게 생각했다.

그렇게 생각을 정리하고 있는데.

"어머. 도빈아, 이리 와봐. 지훈이 TV에 나오네?"

TV를 보고 계시던 어머니께서 부르셨다.

거실로 나갔더니 정말 최지훈에 대한 이야기가 나오고 있었다.

-우아한 연주 소리를 따라 향한 곳에 여덟 살 소년이 있었다. 작은 손가락이 만들어내는 아름다운 선율. 전국 피아노 콩쿨 유치부 우승 2회, 초등부 우승 1회에 빛나는 꿈나무, 최지훈에 대해 지금 알아보도록 하자.

최지훈에 대한 소개 영상이 나오기에 어머니 옆에 앉아 TV를 보기 시작했다.

항상 생각하지만 방송국이란 곳은 사람을 낯 간지럽게 하는 걸 좋아하는 듯싶다.

히무라는 그렇게 해야 재밌다고 말하지만 공감할 수 없었다.

-안녕하세요, 수재원정대의 김하나입니다. 오늘은 여섯 살 때부터 피아노 수재로 알려진 최지훈 군을 만나보려는데요.

서둘러 만나보도록 하죠. 고고!

'집 좋네.'

리포터가 최지훈의 집으로 향했는데, 으리으리한 저택이었다.

부잣집 아들이라더니 그냥 부자가 아닌 모양이다.

"저런 집은 얼마나 해요?"

"글쎄?"

빨리 저런 집을 사서 어머니와 아버지께 드리고 혼자 살아야겠다고 생각하고 있는데 어머니께서 싱긋 웃으셨다.

"왜? 저런 집 사 주려고?"

"네."

"엄마는 도빈이가 사 준 이 집이 훨씬 좋은데?"

이 집을 드리고 내가 나가야 할 듯하다.

어머니를 사랑하는 것과 별개로 커피와 와인 유가당 오렌지 주스를 못 먹는 건 너무나 힘드니까.

-안녕하세요. 피아니스트가 될 여덟 살 최지훈입니다.

어머니와 대화를 하는 도중에도 TV는 계속해 진행되었다.

-와, 지훈이 너무 잘생겼다.

-감사합니다.

-누나가 피아노를 너무 잘 친다고 해서 찾아왔는데, 연주해 줄 수 있어?

-네, 그럴게요. 근데…….

-누난 베토벤의 피아노 소나타 F단조가 너무 좋더라. 혹시 연주해 줄 수 있어?

'어?'

다시 TV를 보던 중 의외의 상황이 나왔다.

아버지의 압박으로 '천재 흉내'를 내고 있는 최지훈이라고는 해도, 내 피아노 소나타 F단조는 여덟 살짜리가 칠 수 있는 곡이 아니다.

음을 표현하는 기술이 무엇보다 중요한 곡.

몇 번 방송을 해봤기 때문에 이런 이야기가 사전에 오가는 것 정도는 알고 있는데.

무슨 생각으로 저런 곡을 선정했는지 알 수 없었다.

그런데.

♩♩♪♩

♪♩♪♪

"어머. 지훈이도 피아노 잘 치는구나? 좋네."

"네."

완주는 아니었지만 곧잘 따라 하는 흉내 정도는 내고 있었기에 조금 놀랐다. 난이도가 높은 건 아니지만 곡에 대한 정확한 이해 없이 쳤다간 곡을 망치기 십상인데.

제법 들어줄 만하다.

-와아. 대단한데?

-이야. 진짜 대단하네요.

리포터와 그것을 보고 있는 패널들이 최지훈에 대한 칭찬을 늘어놓았다.

최지훈의 성적표를 보여주는 것은 물론 다른 여러 특기를 보여주는 장면이 이어졌고 어머니께서는 '도빈이도 지훈이처럼 공부도 잘하고 음악도 재밌게 하자?'라고 말씀하셨다.

-그럼 지훈이의 꿈은 뭐야?

-작년에 손가을 님이 차이콥스키 국제콩쿠르에서 2등을 하셨어요.

-맞아. 맞아. 그랬었지. 지훈이도 거기 나가고 싶구나?

-네. 저는 꼭 거기서 1등을 할 거예요.

-정말? 엄청 어려울 텐데?

-네. 저는 천재니까요.

'그놈의 천재 타령은.'

천재고 둔재고가 뭐가 그리 중요하다고 저러는 건지 알 수 없었다.

몸에 좋은 비싼 식재료를 보내준 그에게는 고마우나 최지훈을 저렇게까지 몰아붙이는 건 좋지 않다.

저 밝고 올곧은 녀석이.

천재라는 이름 때문에 힘들어할 것을 생각하면 더더욱 마음이 아프다.

그 이름에 집착하여 자식을 학대한 남자에 대해 너무도 잘 알고 있었기 때문에 기분이 좋지 않았다.

그러나.

방송이 끝난 뒤 도착한 메시지에 조금 안심할 수 있었다.

[나 TV 나온 거 봤어? 베토벤 소나타 연습하느라 죽는 줄 알았어 ㅠ 6주 동안 쳤더니 손가락이 너무 아파 ㅠㅠ 호 해줘.]

[사진]

최지훈이 보낸 문자메시지에는 녀석이 자신의 손을 직접 찍은 것처럼 보이는 사진이 첨부되어 있었다.

굳이 사진으로 보지 않아도.

내 소나타 1번을 들어줄 만큼 치기 위해 얼마나 많은 노력을 했는지 알 수 있다.

흐뭇한 마음에 답장을 보내주었다.

[잘했어.]

[진짜? 진짜? 나 그 뒤로 더 연습해서 방송보다 더 잘 칠 수 있어. 우리 집에 놀러올래?]

[그건 싫어.]

피식 웃으며 핸드폰을 내려놓았다.

♪

루드 캣과 본격적으로 일을 시작할 날이 다가오면서 의외의 소식을 접했다.

"4월까지?"

"네. 왜요?"

"내년부터 학교 가야지. 2월에는 와야 할 텐데. 히무라 씨 지금 통화 가능하니?"

"앗."

어머니의 말씀을 듣곤 영화 인크리즈를 15세 관람가라 못 본다고 하셨던 것처럼 농담이라 생각했는데.

정말이었다.

초등학교라는 곳을 다녀본 적이 없어서 봄에 개학을 하는 줄은 몰랐는데, 히무라도 한국의 입학 시기에 대해서는 몰랐던 모양이다.

"루드 캣과는 문제없는 거예요?"

"응. 우리 쪽 일이니까. 작업을 빨리하면 그쪽에서도 도리어 좋아하지."

"여유롭다고 생각했는데 꼭 그렇지만은 않네요."

"하하하. 미안……."

갑작스레 일정이 두 달이나 줄어들어 어쩔 수 없이 준비를 서둘렀다.

"7일에 간다고? 갑자기?"

"도빈이 입학 때문에 출국일을 당겼어요."

"아…… 그렇지. 어쩔 수 없네. 도빈아, 이번에 가서는 건강하게 지내야 한다? 밥도 잘 먹고. 단것만 먹으면 안 돼! 아프면 꼭 연락하고. 아프거나 하면 아빠 도빈이 음악하러 다니는 거 말릴 거야."

"그래 도빈아. 하루에 한 번은 꼭 전화해야 한다?"

"네. 걱정 마세요."

인크리즈를 작업할 때도 히무라, 박선영과 셋만 갔던 적이 있어서 그런지 이번에는 어머니께서도 크게 걱정하지 않으셨지만.

주기적으로 연락하라는 말씀을 하루에도 몇 번씩 반복해 그러지 않으면 큰일이 날 것만 같았다.

그에 관해선 아버지도 같은 의견이라 내게 선택지는 없을 것 같다.

"이, 이게 다 참고자료니?"

"네. 잃어버리면 안 되니까 꼭 잘 챙겨주세요, 누나."

"그, 그래."

루드 캣과 계약을 체결한 뒤로 내 메모지는 늘어만 갔고 어느 정도는 머릿속에서 정리가 되어 바로 작업에 임할 수 있을 것 같았다.

-허허. 벌써? 정말 도빈 군은 못 말리겠구먼. 7일이라고? 나도 비슷하게 맞춰 갈 테니 바로 한번 보여 달라 전해주게.

"네, 선생님."

또 출국일이 다가오면서 사카모토 료이치와 이번 작업에 대해 의견을 나누는 빈도도 잦아졌다.

히무라나 박선영을 통해서 이야기를 하느라 조금 불편했는데, 일본말도 이제 꽤 귀에 익어서 대충 알아듣는 정도는 가능해졌다.

어서 빨리 그와 직접 대화를 나누고 싶다.

아무튼 그렇게 여러 일을 처리하다 보니.

어느새 미국으로 가는 날이 코앞으로 다가오고 말았다.

출국 하루 전 아침.

"도빈아, 더 필요한 거 없니?"

"확인해 볼게요."

8월부터 내년 2월까지 일곱 달이나 해외에 있다 보니 아무래도 짐 챙기는 데 신경이 많이 쓰였다.

어머니도 나도 마지막으로 한 번 더 확인을 했다.

옷이라든가 다른 물건은 현지에서 사는 게 더 편해서 대충 꾸렸지만, 내 감상과 발상을 적어둔 게임 참고자료는 잃어버리면 곤란하다.

미국에 도착해서 후회할 바에 귀찮더라도 빼먹은 게 있는지 체크리스트를 보며 다시 한번 방을 훑는 게 낫다.

"다 챙긴 거 같아요."

어머니와 아버지의 연락처와 집 주소 그리고 나에 대한 소개가 영어로 적힌 목걸이. 지갑을 포함한 간단한 여행용품과 겉옷을 넣은 배낭 하나를 두고 고개를 끄덕였다.

대부분의 짐은 히무라가 미리 미국으로 보냈기에 큰 짐은 없다.

"히무라, 저번에 부탁했던 건 어떻게 되었어요?"

"아. 음…… 오늘 오후나 내일 오전에는 배송될 것 같은데?"

핸드폰으로 무엇인가를 확인한 히무라가 반가운 소식을 들려주었다.

혹시나 늦으면 어쩌나 싶었는데 출국하기 전에 도착해서 다행이다.

채은이네 집으로 향했다.

똑똑-

이 건물은 초인종이 너무 높은 게 단점이다.

"누구세요~ 아, 도빈이구나?"

"안녕하세요."

"채은이도 이제 준비 다 했어. 채은아~ 도빈이 오빠 왔다."

아주머니의 부름에 안쪽에서 채은이가 허겁지겁 달려 나왔다.

'다칠라.'

"오빠!"

"안녕. 아주머니, 채은이 데려가도 괜찮은 거예요?"

채은이의 손을 꼭 잡고 물었다.

"응. 엄마한테 들었어. 도빈이 녹음실로 데려가 준다며?"

"네."

"재밌게 놀다 오렴."

"다녀오겠씁니다!"

힘차게도 대답한다.

히무라의 차를 타고 녹음실로 향하는 와중에도 채은이는 시시콜콜한 이야기를 쉬지 않고 떠들었다.

"있잖아 어제 자는데 오빠 나왔다?"

"응."

"오빠가 피아노 쳤어."

"무슨 곡?"

"음……. 딩디딩 딩딩딩딩?"

"그게 뭐야."

어이가 없어 웃었더니 채은이도 까르르 웃는다.

30분 정도 달려 녹음실에 도착했고, 히무라가 미리 준비해 둔 피아노 두 대가 보였다.

역시 돈은 많고 보는 거다.

"우와!"

처음 보는 녹음실 풍경에 채은이가 들어서자마자 감탄했다. 이것저것 구경하는데 결국에는 피아노에 관심을 보여 그것을 흐뭇하게 바라보다 피아노 앞에 앉았다.

"저기 가서 앉아 봐."

반대편 피아노로 쪼르르 달려가 오늘은 무엇을 배울지 기대하는 채은이에게.

'차채은을 위한 연습곡 1번'의 첫 소절을 들려주었다.

"이거 기억나지?"

"응!"

"한번 쳐볼래?"

고개를 끄덕인 채은이가 건반 위에 손을 얹고 눈을 감았다. 나쁜 버릇이라고 말해줬는데 도통 고쳐지질 않는다.

♪♪♪♪

♩♪♩♩

채은이의 연주가 시작되었고 나도 건반을 누르기 시작했다.

채은이의 연주가 정확해, 따로 맞추지 않아도 괜찮을 거라 생각했는데, 놀랐는지 연주가 조금 빨라졌다. 그래도 그 속도에 맞춰 앞서거니 뒤서거니 온전한 형태로 '차채은을 위한 연습곡 1번'을 연주했다.

환희.

채은이의 연주에서 기쁨을 느낄 수 있었다.

피아노를 이렇게도 칠 수 있구나, 내가 치던 곡이 이렇게나 아름다웠구나 하는 감정이 평소답지 않게 빠른 연주에서 전해졌다.

'피아노는 이렇게나 즐겁다.'

'네 손은 이렇게나 아름다운 음악을 연주할 수 있다.'

'네가 좋아하는 일이 이렇게나 사람을 기쁘게 할 수 있다.'

내가 생각했던 말들이.

저 어린아이에게 전해졌을까.

내 연주와 어울리는 것을 보면 무슨 의미인지 정확히는 몰라도 기뻐하는 것만은 분명하다.

마지막 음을 낸 뒤에.

그 음이 공기 중에 스며들 때까지 조용히.

연주가 끝나면 충분히 시간을 가지라는 내 가르침을 채은이는 충실히 지켰다.

연주를 마치고 고개를 돌리자 얼굴 가득히 행복을 머금은 채은이가 여전히 눈을 감고 방금 연주를 음미하고 있었다.

그리고.

"오빠!"

내게 달려와 와락 안겼다.

나랑 체구 차이가 그리 크지 않아 이렇게 달려들 때마다 위험하다고 생각했지만 기뻐해 줘서 또한 다행이다.

"최고야! 최고! 또! 또!"

"재밌었어?"

"재밌어! 완전 달라!"

그렇게 채은이가 만족할 때까지 다섯 곡을 반복하며 연주했다. 꺄르르 웃으며 행복하게 웃어서 나 또한 행복해지는 것 같다.

재능 있는 아이를 가르치고. 그 아이가 성장해 나가는 모습을 보는 기쁨은 지금까지 '가르친다'는 행위에 부정적이었던 내 사고를 많이 비틀어놓았다.

정말 카를 그 친구를 다시 만난 듯한 기분에.

작게 웃었다.

"이리 와봐."

쪼르르 다가온 채은이에게 악보를 내밀었다.

"악보 싫은데."

안다. 알아.

"이건 내가 만든 곡이야."

그제야 채은이가 악보를 받아 들어보았다.

조금은 볼 줄 알게 되어 그것이 지금까지 나와 함께 연주한 곡이라는 것을 알아챈 모양이다.

"위에 제목이 있지?"

"제목?"

독일어로 적어두어 알아보지 못하는 것이 당연하다.

"차채은을 위한 연습곡 1번 C장조."

내 말뜻을 이해했는지 채은이의 얼굴이 기쁨보다는 무언가 모호해졌다. 어정쩡한 저 얼굴이 채은이가 정말 기쁠 때 짓는 표정이라 믿고 싶은데.

다행히 그런 모양이다.

"이거 나 주는 거야?"

"너를 위한 곡이야."

악보를 다시 가져온 뒤 한 장, 한 장 넘겨주며 설명해 주었다.

"여기까지 배웠지? 앞으로는 이것도 이다음 곡도 배우는 거야. 그러려면 악보 보는 방법도 배워야겠지?"

다시 함박웃음을 짓는다.

고개를 끄덕이는 녀석의 머리를 쓰다듬어 주었다.

♪

일요일 아침.

어제 배도빈과 함께 하루 종일 피아노를 친 차채은은 정말 행복한 기분으로 잠을 이루었다.

아침에 일어나서도 날아갈 듯했다.

오늘은 배도빈이 어떤 곡을 가르쳐 줄까, 어제 그 행복했던 연주를 또 함께할 수 있을까.

당장에라도 옆집으로 달려가 녹음실에 데려가 달라고 말하고 싶었다.

"엄마! 나 오빠네 놀러 갈래!"

그래서 일어나자마자 밖으로 나왔는데, 현관에 처음 보는 아저씨들이 있어 깜짝 놀라고 말았다. 그 아저씨들은 큰 물건을 집으로 들이고 있었다.

차채은은 문 뒤에서 나올 수 없었다.

"어머, 깼니?"

"응. ……엄마, 그게 뭐야?"

"도빈이 오빠가 채은이한테 주는 선물."

"오빠가?"

"뜯어볼래?"

조금도 기다릴 수 없었던 차채은은 고개를 끄덕이곤 곧장 거실로 나가 엄마와 함께 박스를 뜯었다. 겹겹이 둘러싸고 있던 골판지를 뜯자 곧 순백의 아름다운 피아노가 모습을 드러냈다.

차채은이 쓰기에 조금 크지만 그래도 연주를 하는 데 지장이 있을 정도는 아닌 적당한 크기였다.

"꺄!"

너무나 행복해 지른 비명.

이 피아노로 배도빈과 함께 연주를 할 생각에 차채은은 더 이상 행복할 수 없었다.

기사가 조율을 하는 동안 차채은은 발을 동동 굴렀다.

"도빈이 오빠가 채은이 피아노 열심히 치라고 사 준 거래. 나중에 고맙다고 하자?"

"지금 할래. 지금!"

"지금? 늦지 않았으려나?"

차채은은 엄마의 말을 이해할 수 없었다. 이른 아침이라 너무 이르다고 할 순 있어도 늦지 않았다니.

혼란스러워 엄마를 올려다볼 뿐인 차채은에게 엄마가 쪼그려 앉아 안쓰럽다는 듯이 말했다.

"도빈 오빠 오늘 미국 간대. 오빠 없는 동안 밥도 잘 먹고 피아노 치면서 있자?"

"미국?"

엄마의 말하는 태도로.

더없이 행복했던 차채은의 마음에 불안감이 싹텄다.

"응. 미국."

"멀어?"

"멀지?"

"언제 오는데?"

"음…… 백 밤 자면 올 거야."

너무나 긴 시간이었기에 차채은이 울먹이기 시작했다.

"끅. ……열 밤이면 안 돼?"

"오빠는 바쁘니까. 채은이가 피아노 열심히 치다 보면 금방 올 거야."

"흐끄윽. 열두 밤도 안 돼?"

엄마가 글썽이다 못해 곧 떨어질 것만 같은 차채은의 눈물을 닦아주었을 때.

결국 울음이 터지고 말았다.

"끄아아앙!"

엄마는 그런 딸을 꼭 안아줄 수밖에 없었다.

지쳐 잠들 때까지.

♪

8월 8일. 날씨 맑음.

오빠가 미국 가따.

오빠 미워. 나빠.

일어나니까 엄마가 채은이의 곡을 틀어주어따. 상냥했다. 오빠다. 채은이가 듣고 피아노 칠 수 이께 주고 갓다고 해따.

지금도 드끄 이따.

오빠가 보고 십다.

· 19악장 ·

7살, 불협화음

미국으로 향하는 비행기에 앉으니 내심 걱정되었다.

'괜찮으려나.'

나를 잘 따르던 만큼 놀랐을 텐데. 옆집 아주머니께서 울면서 떼를 쓸 테니 먼저 가는 게 좋을 거라 말씀하셨지만 역시 잘 달래주고 올 것을 그랬다.

그런 생각을 하며 어느 순간 잠들었는데 두 번 정도 깬 뒤에 미국에 도착할 수 있었다.

루드 캣 직원이 마중을 나와 있었고 그의 안내를 받아 그들의 사옥에 도착했다.

옅은 베이지색 건물과 그 앞에 자리한 분수대를 햇빛이 찬란히 비추었다.

생각보다 평범한 건물이라 생각했는데 안으로 들어서니 전혀 딴판이다. 복층으로 구성되어 있는 넓은 강당에 벽조차 없이 자리한 책상들 틈에서 많은 사람들이 저마다의 일에 집중하거나.

쓰러져 있다.

'뭐지.'

회사라는 곳은 일을 하는 곳이라 들었는데 다 죽어가는 사람들 뿐이다. 머리를 쥐어뜯거나 가끔 비명이 들리기도 하다.

"잠시만 기다려 주세요."

공항에서 미팅실까지 안내해 준 사람이 방을 나섰다.

"신기한 곳이네요."

"그러게. 나도 게임 회사는 처음이라. 열심이네."

"퀭한 얼굴로 게임하던 사람도 있던데. 그것도 일인가 봐요?"

"그렇겠지?"

히무라와 박선영도 신기한 모양이다.

역시 일반적인 모습은 아닌 듯하다.

이내 꽃무늬 셔츠를 입은 남자가 들어왔다. 머리카락이 없고 턱이 크며 근육질이다. 이런 곳이 아니었더라면 분명 운동선수라고 생각했을 것이다.

"반갑습니다. 더 퍼스트 오브 미의 기획자 제임스 터너입니다."

"안녕하세요, 배도빈이에요."

"반갑습니다, 터너. 히무라 쇼우입니다."

인사를 나눈 뒤 서로 마주보고 앉아 이야기를 진행했다.

"첫 미팅이라 간단하게 말씀드리자면 저는 배, 당신을 신뢰합니다."

박선영이 열심히 통역해 주고 있다.

"특히 인크리즈에서 보여주었던 음악 감독으로서의 역량은 인상적이었습니다. 그래서 이번 일을 함께하길 바랐던 거고요."

"네."

다른 게 아니라 내가 만든 곡을 듣고 초청한 거니 기분이 좋을 수밖에.

슬며시 웃는 제임스 터너를 보며 나도 미소 지었다.

"장담하건대 더 퍼스트 오브 미는 최고의 게임이 될 겁니다. 최고의 작가진이 모여 만든 스토리와 매력적인 캐릭터가 있고 게임성을 갖추기 위해 루드 캣의 모든 역량을 집중하고 있습니다. 최고의 AAA급 프로젝트죠."

루드 캣이 얼마나 대단한 회사인지는 히무라를 통해 익히 들었다.

잘 이해하긴 어려웠지만.

1988년에 설립되어 플레이블록이란 게임기를 기반으로 한 게임을 만들었는데, 지금까지 만든 모든 게임이 크게 성공했다고 한다.

그쪽에서는 최고의 회사 중 하나라는 말로 이해했다.

"게임을 해본 적 있습니까?"

"없어요."

고개를 한 번 굳게 끄덕인 제임스 터너가 계속해 말을 해나갔다.

"게임은 정말 여러 요소가 집합된 분야입니다. 당연히, 음악 역시 필수 요소죠. 인크리즈에서 보여주셨던 것처럼 더 퍼스트 오브 미의 배경과 스토리에 집중할 수 있도록 부탁드립니다."

"그럼요. 저도 잘 부탁해요, 터너."

제임스 터너와는 꽤 많은 이야기를 나누었다.

내가 게임에 대한 이해가 전혀 없었기에 그는 게임이란 문화와 더 퍼스트 오브 미에 대해 설명하는 것을 마다하지 않았다.

설명을 이어가면서도 때로는 내 질문에 성실히 대답해 주었다.

그 대화가 오리지널 스코어 작업에 도움이 되는 건 당연한 일.

마찬가지로 하루 뒤에 도착한 사카모토 료이치도 이런저런 말을 해주었다.

"영화와 달리 게임은 정말 긴 시간을 함께하게 되지. 그래서 음악이 더욱 중요한 걸세. 소리가 없다면 얼마나 지겹겠는가."

옳은 말이다.

"그렇다고 너무 자극적이어도 문제가 생겨. 게임 몰입에 도리어 방해가 될 수도 있으니 적당한 선에서 피로감을 느끼지 않고 들을 수 있는 음악이 필요한 게지. 단순히 훌륭한 음악을 만든다고 해서 좋은 게임 음악이라고 할 수는 없네."

알 듯 말 듯한 이야기다.

이 부분에 대한 조절은 직접 작업을 해나가면서 사카모토와 대화를 나눠봐야 할 것 같다.

"자네도 느꼈을지 모르겠지만 루드 캣은 이 게임에 사용될 음악에 대해 정말 많이 신경 쓰고 있네. 분명 제법 큰돈을 받았겠지?"

씩 하고 웃으니 사카모토 료이치도 함께 웃었다.

"껄껄. 보통 게임 음악을 작곡하는 데 받는 비용은 생각보다 낮은 편이야. 30분 정도의 음악을 만드는 데 30,000달러. 유명한 사람이면 75,000달러 정도를 받지. 1분당 300에서 600달라 꼴이야. 나도 몇 년 전에 음악 감독으로 작업했을 때 20만 달러를 받았지."

그 말을 듣고, 내가 지금까지 지나치게 많은 돈을 받았다는 생각이 들었다.

"그렇게나 차이가 나요?"

"음."

사카모토 료이치가 물어보는 걸 꺼려하기에 선뜻 말을 해주었다. 굳이 말하고 다닐 필요는 없지만 친구에게 감출 이유도 없다.

"이번에는 35만 달러에 계약했어요."

다음 작품도 같은 조건에 계약을 했지만 말이다.

"하하하! 이거 밥이라도 얻어먹어야겠는데. 음. 아무래도 단기간에 보여준 게 큰 것도 있겠지만 아마 매절 형태라 그럴 것이네. 패키지 거래와는 조금 다르지."

"패키지 거래요?"

"지금까지 지니위즈나 블랙 나이트 오리지널 스코어를 만들어준 뒤에 추가 수입이 있었나?"

고개를 젓자 당연히 그럴 줄 알았다는 듯 사카모토 료이치가 계속 말을 해주었다.

통역을 해주는 히무라는 자기가 몰랐던 게임 음악의 페이에 대한 이야기라 열심히 무엇인가를 메모하고 있었다.

저렇게 노력하니, 계속 계약을 믿고 맡길 수 있다.

"패키지 거래란 오리지널 스코어를 만들어주는 비용을 지불하고 거기서 나오는 추가 수익, 저작권 사용료에 대해서 비율을 맞춘다네. 작곡가에 따라 비율이 다르지만 나 같은 경우에는 정산 비율이 40퍼센트 정도로 진행하고 있네만 보통은 이보다 훨씬 못 미친다네."

"그럼 앨범처럼 판매도 하겠네요?"

"그렇지. 보통은 온라인으로 판매하지만 뛰어난 몇몇 OST 앨범은 시중에 판매하기도 한다네."

"아, 도빈아 이건 알려줬는데."

"미안해요, 히무라. 히무라를 믿고 대충 들었나 봐요."

"껄껄껄."

잠시 웃고.

"그래서 초기 계약금에 차이가 나게 되는 거지. 그렇게 따져도 대단한 금액이야. 이거 부럽구만. 하하!"

예전에 나카무라가 말해준 적 있는데, 사카모토 료이치의 자산이 100억 엔이 넘는다고 한다.

1억 달러.

아이의 코 묻은 돈을 탐내다니, 오늘도 시폰 케이크를 얻어먹어야겠다.

배도빈이 본격적으로 작업에 돌입했다.

루드 캣 역시 게임 제작과 동시에 더 퍼스트 오브 미를 공격적으로 마케팅하기 시작했는데 배도빈이 음악 감독으로서 함께하게 되었다는 소식마저 마케팅 무기로 활용하였다.

[리빙 레전드 사카모토, 마에스트로 배, 더 퍼스트 오브 미에 합류]

지난 16일, 루드 캣이 작곡가 배도빈, 사카모토 료이치와 함께하기로

했다고 공식 발표했다.

약 200,000,000달러의 제작비가 들어간 루드 캣의 최신 AAA급 기대작, 더 퍼스트 오브 미(The first of me)의 총괄 제작자 제임스 터너와 인터뷰를 나누었다.

Q. 더 퍼스트 오브 미는 어떤 게임인가?

A. 훌륭한 서사를 갖춘 고전적인 형태의 게임이다.

그러나 AI의 움직임이나 자유도, 사실적인 요소 등으로 전혀 다른 게임처럼 느낄 것이다.

Q. 이번에도 플레이박스 독점작인가?

A. 그렇다. 플레이박스로 즐길 수 있을 것이다.

Q. 플레이박스3의 부진에 비해 제작비가 지나치게 많다는 우려가 있다. 이에 대해 팬들에게 한마디 하자면?

A. 플레이박스3의 부흥을 이끌 작품으로 자신한다. 기대해 달라.

Q. 2011년과 2012년을 뜨겁게 달군 화제의 인물 배도빈과 함께한다고 들었다.

A. 그의 음악은 불과 1, 2년 만에 첫 음을 듣는 순간 알아들을 수 있을 정도로 많은 사랑을 받고 있다. 사람의 마음을 사로잡는 그와 함께할 수 있어 기획자로서 영광이다.

Q. 배도빈은 어떤 반응을 보였는가.

A. 새로운 작업에 대해 큰 기대를 보였다. 시나리오를 본 뒤 그는 열

성적으로 작업에 임하고 있다. 특히 제인이란 캐릭터에 대한 이해도가 깊어 개인적으로는 제인 테마곡이 가장 기대된다.

Q. 배도빈 이외에도 살아 있는 전설, 사카모토 료이치와 함께할 정도로 특별히 OST에 신경을 쓰는 이유는?

A. 마에스트로 사카모토 료이치의 합류는 생각지 못한 일이었다. 배도빈이 함께 작업할 사람으로 그를 선택했을 때 우리는 오리지널 스코어에 대한 기대감을 감출 수 없었다.

OST는 게임에 몰입할 수 있는 중요한 요소다.

더 퍼스트 오브 미는 서사를 중심으로 한 게임으로 게임성과 더불어 게임 내 모든 요소가 유저가 몰입할 수 있게 최고의 환경을 갖추려 한다.

인터뷰 내내 제임스 터너는 자신감을 보였다.

언체인드 시리즈를 비롯하여 수많은 명작을 만든 전통의 명가 루드 캣과 초거대 자본 그리고 두 명의 거장이 함께하는 더 퍼스트 오브 미에 대해 기대해 본다.

해당 기사를 접한 루드 캣의 팬들은 환호했다.

자신감 넘치는 기획자 제임스 터너의 말에 다들 믿고 한번 해본다는 반응을 보였다.

더불어 이 기사가 번역되어 대한민국 게임 커뮤니티 사이트에 게시되자 한국의 플레이박스 유저들도 반가워하긴 마찬가지였다.

ㄴ아 쌌다. 제임스 아재 패기에 지렸고요.

ㄴ진짜 소름 돋넼ㅋㅋㅋ 퍼오미 제작비 실화냐? OST부터 개올인이네ㅋㅋㅋ 배도빈이랑 사카모토면ㅋㅋㅋ

ㄴ루드 캣이 진짜 제대로 맘먹은 듯함 ㅇㅇ

ㄴ와 진짜 AAA급 타이틀 중에서도 역대급 제작비 아니냐. 개쩐다 진짜.

ㄴ언체인드 후속작이나 빨리 만들어라아!

ㄴ님들 이거 데모 영상 봄? 그렇게 재밌어 보이진 않던데.

ㄴ그래픽은 개좋아 보이더만. 스토리에 신경 썼다고 했으니 플레이 해 봐야 알듯?

ㄴ인크리즈 보고 쌌는데 배도빈 진짜 대박이네. 진짜 한국에 리얼 천재 나온 거냐?

ㄴ애국 마케팅 오지죠. 근데 예약 구매 언제임?

작업을 시작하기 전에는 왜 이 생각을 못 했을까 하고 사카모토와 함께 무릎을 쳤다.

"이거, 이런 방법이 있었구만. 껄껄."

"사카모토."

"음음."

옆에 있던 히무라가 살았다는 듯 숨을 길게 내쉬었다.

오스트리아 억양이 짙긴 해도 빈 필하모닉에서 콘서트마스터이자 지휘자로 오래 활동한 사카모토의 독일어 실력은 훌륭했다.

그러고 보니 예전에 푸르트벵글러와 대화를 나눌 때도 독어로 했는데, 왜 지금에서야 깨달았는지.

아무튼. 작업은 순조로울 것 같다.

며칠 뒤.

사카모토 료이치가 함께 작업할 사람을 몇 구하자고 제안했다. 그와 함께라면 뭐든 할 수 있다고 생각하는 나로서는 굳이 그래야 하나 싶어 되물었는데.

사카모토의 생각은 달랐다.

"혼자서 다 하는 것도 좋지만 앞으로는 함께 작업하는 것에 대해 배워야 할 걸세."

"왜요?"

"우리 둘이 일하는 것에 비해 더 효율적이고 더 좋은 결과가 나올 수 있으니 말이야."

사카모토 료이치의 말에 동의할 수 없었다.

"확인하고 수정하는 시간을 생각해 보면 효율적이진 못할 것 같아요. 더 좋은 결과가 나올 수 있다는 말에도 동의할 수 없어요. 사람이 많아져도 결국 제 뜻대로 될 거예요."

"껄껄. 이제 보니 독재자였구만."

설마 사카모토가 내게 그런 말을 할 줄은 몰라 놀랐고 동시에 화가 났다.

"도빈 군, 이런 작업은 함께했을 때 큰 결과물을 얻을 수 있다네. 미처 생각지 못했던 부분에서 힌트를 얻을 수 있네. 이건 결코 자네의 기량을 의심하는 게 아니야."

"남들의 실력을 인정하지 않아서 하는 말이 아니에요, 사카모토."

이 시대에도 존경하고 사랑하는 음악가들이 있다는 사실은 너무도 잘 알고 있다.

다시 태어난 순간부터 후대 음악가들의 음악을 들으며 자랐고 본격적으로 활동하면서부터는.

내 앞에 있는 사카모토 료이치를 비롯해.

이승희, 토마스 필스, 푸르트벵글러, 한스 짐 등 여러 음악가로부터 감동 받았다.

"제 이름을 내건 앨범과 악보에 남의 도움을 받을 생각은 조금도 없어요. 또 그들이 저와 다른 생각을 가지고 있는 것은 존중하지만 그걸 받아들일 생각은 없어요. 다른 건 다른 거예요."

"흐음."

사카모토 료이치가 고민하다가 물었다.

"그럼 내게 함께하자고 한 이유는 무엇인가?"

"사카모토랑 작업하면 재밌으니까."

사카모토는 내게 자연스레 영감을 준다.

지금처럼. 또 독일에서처럼.

나와 정말 다르지만 그와 이렇게 이야기를 나누는 것이 좋다.

특히 음악적인 부분에 대해서는 더더욱.

모순일 수도 있겠지만 나는 나와 다른 또 다른 천재, 사카모토 료이치의 생각을 접하면서 많은 것을 느낀다.

그 과정이.

다른 사람은 몰라도 자유분방하면서도 고결한 사카모토의 정신과 함께하는 거라면 기쁘게 받아들일 수 있다.

"……하하하하!"

크게 웃은 사카모토가 고개를 끄덕였다.

"이거 내가 총애를 받고 있었군. 흐음. 도빈 군."

사카마토와 시선을 마주했다.

"너무나 기쁜 일이야. 자네 같은 천재가 이 늙은이와 함께하는 걸 좋아해 준다는 건."

사카모토의 말투는 평상시와 똑같다.

"하지만 자네는 더욱 크게 될 수 있어. 내 장담하지. 그러려면 시야를 넓힐 필요가 있네. 다른 사람을 구하자는 말 때문에 거부감을 느낄 수 있네만. 그럼…… 빌헬름은 어떤가."

"싫어요."

"그래, 좋겠지. ……아니, 싫다고?"

"네. 싫어요."

사카모토가 깜짝 놀라 물었다.

"푸르트벵글러는 고집쟁이라 싫어요."

"큭하하하하하!"

사카모토가 정말 크게 웃었다.

지금까지 그가 이렇게까지 크게 웃은 걸 본 적이 없었기에 깜짝 놀라고 말았다.

"사카모토?"

"끅. 쿡쿡쿡쿡. 아아. 이건 정말이지 명언이구만. 빌헬름 그 친구가 이 말을 들었어야 했는데."

"말했어요."

"뭐라? 하하하하. 어떤 반응이던가."

"푸르트벵글러도 고집 센 제가 싫대요."

"음. 그렇지."

조금 인상을 쓰자 사카모토가 빙그레 웃었고 나도 조금 웃었다.

"알겠네. 그런 생각이라면 어쩔 수 없지. 이거, 늘그막에 고생하게 생겼구만."

♪

"클래식 기타는 어떨까."

배경음악을 두고 사카모토가 의견을 제시했다.

확실히 듣기 편한 특유의 음색을 고려하면 좋은 발상이라 생각했다.

사카모토가 스튜디오에 준비되어 있는 클래식 기타를 가져와, 내가 미리 구상한 주제를 연주했다.

공백이 많지만 그만큼 울림이 깊다.

그럴듯하다.

"좋아요. 독주로 해도 괜찮을 것 같아요."

"좋군. 전개는 어떻게 할 텐가."

"이런 식으로?"

지금은 구분을 위해 클래식 기타라 불리지만 예전에는 이것으로 몇몇 곡을 작곡하기도 했다. 이 몸으로는 연주해 본 적이 없어 기타를 들었는데 여간 불편한 게 아니다.

'대충 이렇게라도.'

어떻게든 자세를 잡고 즉흥적으로 연주를 해나갔다.

"흐음. 정말이지 즉흥곡이라 생각할 수 없을 정도의 완성도야. 훌륭하네."

"아직 다듬을 게 많아요."

사카모토가 고개를 끄덕였다.

"그렇긴 해도 주제를 그렇게나 변주해 이어나간다면 크게 손볼 곳은 없을 것 같아. 이런 식이었나?"

사카모토에게 기타를 건네자 받아들곤 방금 전 즉흥연주를 똑같이 따라 했다.

다시 들으니 역시나 아쉬운 점을 찾을 수 있었다.

"이 부분에선 코드로 넘기는 게 좋을 것 같은데."

"어떻게요?"

"이런 식으로 말일세."

더욱 풍성하다.

그러나 기타 곡은 멜로디를 중심으로 공백을 두어 애절한 분위기를 살리고 싶었기에 해결법을 찾아야 했다.

"멜로디를 살리고 싶어요. 이런 건 어때요?"

"흐음. 확실히 더 낫군. 뒷부분은 그럼 이런 식이 좋겠네."

"아. 좋아요."

사카모토와 함께 작업을 하는 것은 역시나 즐거웠다.

더 나은 방향을 찾는 고독한 여정에 동반자가 있다는 건 큰 힘이 되었다. 서로에 대한 존중과 존경이 함께 있다면 더더욱.

각자의 의견에 대해 이야기를 하면서 나는 사카모토 료이치에 대해 좀 더 잘 알 수 있었는데 그의 음악에는 한계가 없어

보였다.

그런 말을 하자 그가 웃으며 내게도 같은 말을 해주었다.

"나야말로 그런 생각을 했네. 한 분야에 특화된 사람일수록 빠지기 쉬운 함정이 있는데 자네는 그러지 않아 다행이야."

"함정?"

"음. 자기의 분야가 최고라고 생각하는 거지. 자부심이 자만심이 되는 경우야."

무슨 말을 할지 조금 이해할 수 있을 것 같았다.

"아무리 매력적인 장르와 형식이라도 때로는 그걸 벗어날 필요가 있는데, 그들은 그것을 금기시하지. 그리 좋지 못한 일이라 생각하네."

"푸르트벵글러처럼요?"

"하하하하! 흠. 그 친구도 그런 부분이 없지 않아 있지. 더없이 훌륭한 재능을 가졌지만 그가 클래식 이외의 음악 장르에 대해 편견을 가진 건 안타까운 일이야. 빌헬름이었다면 아마 이 기타 곡에 대해 '형식이라고는 조금도 찾아볼 수 없군! 이런 건 습작에 불과해!'라고 말했겠지."

"하하하하!"

사카모토의 성대모사가 너무도 똑같이 웃었다.

확실히 만들다 보니 멜로디만 있는 곡이 되어버렸다.

그러나 게임 배경 특히, 게임을 하는 사람이 쉬는 장소에 들어갈 곡이기 때문에 귀를 피로하게 해서는 안 되었다.

아무리 좋은 곡이라도 곡 자체에 빠지면, 이 게임을 더욱 부각시킬 수 없다.

그렇게 미국에서 사카모토와 함께한 지 첫 주 만에 클래식 기타로 하나의 곡을 완성했다.

사카모토 료이치와 함께 제임스 터너를 찾아가 첫 번째 곡을 들려주었다.

그것을 들은 제임스 터너는 고개를 끄덕인 뒤 정중히 말했다.

"오래, 많이 들어보고 싶습니다. 실제로 유저들은 이 음악을 20시간 이상 들을 테니까요."

그렇게 말한 제임스 터너는 정말로 나와 사카모토가 함께 만든 기타 곡을 일하는 내내 들었다. 다음 날, 다음 곡을 만들기 위해 회의를 하러 만났을 때조차 이어폰을 꽂고 미팅실로 들어올 정도였다.

"터너, 설마 계속 듣고 있었던 거예요?"

"물론이죠. 처음에는 밋밋하다는 생각을 했는데 계속 듣다 보니 자연스럽게 생활이 가능하더군요. 좋습니다. 이대로 가시죠."

정말 대단한 열정가다.

"아, 그 파일은 다시 녹음할 생각이오, 제임스 터너."

사카모토의 말에 나도 제임스 터너도 의아하게 생각했다.

저건 사카모토 료이치가 직접 몇 번의 연습을 하고 연주한 거라 내가 듣기에도 훌륭하여 굳이 그럴 필요가 있을까 싶었다.

"저는 정말 듣기 편했습니다만 무슨 문제가 있습니까?"

"하하. 그런 건 아니고 아는 친구 중에 기타를 기가 막히게 치는 사람이 도와준다고 해서 말이오."

사카모토가 나를 보며 한쪽 눈을 찡긋했다.

"분명 자네도 마음에 들걸세."

"누군데요?"

"롤랑 리옹. 이 시대 최고의 클래식 기타리스트지."

아쉽지만 나도 제임스 터너도 처음 듣는 이름이었다.

무안해진 사카모토 료이치가 헛기침을 한 뒤 롤랑 리옹이란 사람이 곧 방문할 거라고 이야기했다.

기분이 조금 상하기도 했지만 그가 자신있게 소개할 정도라면 어느 정도의 연주자일지 궁금해서 기다렸는데 사카모토 료이치가 부탁까지 하면서 초청했다고 한 말을 믿을 수 있었다.

다른 기악곡에 비해 클래식 기타로 연주된 곡은 많이 듣지 못했지만 '이 시대 최고의 기타리스트'라는 수식어에 동의하고 말았다.

녹음 스튜디오에 울린 그 아름다운 선율을 듣고.

박수를 보냈다.

"호허허. 이거 쑥스럽구만."

"아뇨. 최고예요, 리옹."

"직접 작곡한 곡이지. 기타 연주 실력만큼이나 작곡가로서도 뛰어난 친구인데, 기타 곡이라면 이 친구에게 부탁해야 한다고 생각했지."

말이 없었던 것은 나중에 짚고 넘어갈 테지만 우선은 정말 대단한 연주자를 만난 기쁨이 더 컸다.

그간 낭만 시대 음악가의 곡을 듣는 데 집중하느라 이 시대의 작곡가에 대해선 잘 알지 못했는데.

'찾아 들어야겠어.'

하루가 24시간이고 잠을 자야 한다는 게 억울할 정도로 안타까웠다.

"너무 비행기 태우지 말게, 료이치. 진짜 천재 앞에서 무안해지잖나."

"하하하! 사실 나도 요즘 함께하는데 얼마나 부담스러운지 모르겠어. 실수를 하면 귀신같이 찾아내는데, 말도 말게."

사카모토 료이치가 엄살을 부렸다.

"그러니 자네도 집중해야 할 걸세."

"으음. 이거 페이도 없이 부탁하는 것치고 너무 깐깐한 거 같은데."

"페이가 없다니, 무슨 말인가. 자네 같은 사람을 두고 그런 거 하나 준비하지 않았을까 봐. 자네 오기 전에 제작사와 이야기해 두었지."

"크흠."

롤랑 리옹이 헛기침을 하고 사카모토에게 귓속말을 했다.

사카모토도 그의 귀에다 말을 하니 리옹이 고개를 끄덕이고 의욕적으로 되었다.

"깐깐하다고 하기엔 너무 큰 돈이구만. 잘 부탁함세."

솔직한 친구 같다.

작업을 하던 도중 문득 잊고 있던 사실이 떠올랐다.

옆방에서 여러 악기를 만지며 어떤 악기가 좋을까 실험해 보고 있는 사카모토에게 갔다.

"사카모토, 이 챕터에 계속 비가 오잖아요. 빗소리는 어떻게 넣어요?"

"아."

사카모토가 악기를 내려놓았다.

"보통은 녹음된 걸 쓰지. 빗소리는 꽤 여러 종류가 있으니 말일세. 그 챕터에선 태풍이 왔으니 그에 맞춰 넣을 걸세."

"그럼 그 소리랑 이 챕터에 들어갈 음악이랑 겹쳐서 나오는 거예요?"

"아마 그럴 테지."

불만스러워 고민을 하고 있자 사카모토가 의아한 얼굴로 물었다.

"뭔가 마음에 안 드는 일이 있나 보구만. 말해주겠나?"

"비가 올 때 소리와 안 올 때 소리가 다르잖아요?"

습도에 따라서도 음이 미묘하게 달라지는 건 너무도 당연한 일이다.

"그렇지."

"단순히 겹치면 비가 내리는 곳에서 들리는 피아노 소리로 들리지 않을 테니 어떻게 해야 하나 생각 중이에요."

"옳거니."

사카모토 료이치가 내 말을 이해한 모양이다.

그 역시 고민하고 있는 와중에 제임스 터너가 녹음 스튜디오에 방문했다.

"기쁜 소식을 가져왔습니다."

"기쁜 소식?"

사카모토 료이치가 반문했다.

"제작이 거의 완성되었습니다. 이제 QA 작업 정도만 진행하면 되죠. 이게 가장 난감한 과정이지만. 하하."

제임스 터너의 말을 사카모토가 전달해 주었다.

"게임에 문제가 없는지 확인하는 단계만 남았다고 하는군."

"그럼 해볼 수 있는 거예요?"

영화 음악을 작업했을 때처럼 직접 경험하는 게 이야기를 이해하는 가장 빠르고 정확한 방법이다. 시나리오와 참고자료를 아무리 많이, 그리고 제임스 터너에게서 아무리 상세히 설명을 듣는다 해도 직접 체험하는 것에 비할 수는 없다.

"도빈 군이 해볼 수 있는지 물어보는군."

"물론이죠, 사카모토 료이치. 바로 해보시겠습니까?"

"그러도록 하지. 실은 나도 많이 기대했던지라. 껄껄."

"하하하. 기대하셔도 좋습니다."

사카모토와 함께 제임스 터너를 따라가자 플레이박스와 정말 큰 모니터, 그리고 배영빈이 게임을 할 때 가끔 쓰던 조종기가 있었다.

패드라고 하는 것 같다.

'좋은 환경이군.'

그 앞 테이블에는 먹어보지 못했던 과자와 음료가 놓여 있었다. 큰 모니터와 플레이박스가 없어도 즐겁게 지낼 수 있는 방이다.

"도빈 군은 게임을 해본 적 없을 테니 같이하는 게 좋을 것 같네."

"편한 대로 하시죠. 필요한 게 있으시면 언제든 말씀하시고요."

"항상 신경 써줘서 고맙네, 감독."

"별말씀을."

방 두 개에 각각 나뉘어 있어 사카모토가 나와 한방을 쓸 것을 권한 모양이다.

제임스 터너가 떠나고 사카모토가 함께 들어가기를 권했고 난생처음 게임이라는 것을 해보았는데, 결국 진행이 안 되어 사카모토가 패드를 잡았다.

나는 그 옆에 앉아 신기한 포장지로 감싸여 있는 과자를 탐미했다.

사카모토가 게임을 어느 정도 플레이한 뒤에 잠시 화면을 멈추었다. 그리고 뒤로 돌았는데 표정이 뭔가 놀란 듯하다.

"왜 그러세요?"

"그 많은 과자 봉지를 보고 놀랐을 뿐일세. 그렇게나 많이 먹으면 몸에 좋지 않아."

사카모토가 어머니처럼 말했다.

집에서 떨어져 있는 동안만이라도 맛있는 음식을 탐하고 싶은 일곱 살 아이의 마음을 모르는 듯하다.

"전 애니까 괜찮아요."

"껄껄. 이럴 때만 애인가. 편한 핑계로군."

화제를 돌렸다.

"영화를 보는 것 같았어요."

"음. 확실히 좋은 스토리야. 시간 가는 줄 모르고 했네. 그래, 감상은 어떤가."

효과음 정도만 들어가 있는데 확실히 오전에 고민하던 일이 마음에 걸렸다.

"역시 폭풍우가 몰아치는 챕터에선 그냥 덧씌우면 안 좋을 것 같아요."

"흐음. 빌헬름이 자네를 왜 꼬마 악마라 했는지 이해할 수 있을 것 같군."

"그랬어요?"

"마누엘 노이도란 친구도 그러던데. 몰랐나?"

"가끔 듣긴 했는데 무시했죠."

"그러니 그런 소릴 듣는 게야. 껄껄."

실없는 대화를 나눈 뒤 사카모토가 진지하게 화제에 대해 의견을 내놓았다.

"완벽을 추구하는 것은 좋지만 그렇다고 음악에 어울리는 빗소리를 만들어낼 수는 없지 않은가."

맞는 말이다.

그런 걸 할 수 있다면 신일 것이다.

"그렇다고 이제 와 이 챕터에 쓰일 곡을 효과음에 어울리도록 다시 만드는 일도…… 난 사실 불가능해 보이는군."

"같은 생각이에요."

계속 고민을 하자 사카모토가 고개를 절레절레 저으며 말했다.

"그래도 해결하고 싶은 거구만. 흐음. 그래. 한번 고민해 보세."

사카모토 료이치가 조금 피곤해 보인다. 게임을 오래 했기 때문인가 싶어 걱정스레 말했다.

"피곤해 보여요."

"암. 완벽주의자 감독과 함께 작업하는데 피곤하지."

"하핫."

"하하하."

그렇게 말해도.

나만큼이나 사카모토 료이치가 완벽을 추구하는 건, 자신이 연주한 훌륭한 기타 곡을 두고 굳이 롤랑을 초청한 점에서 드러난다.

저녁 시간이 되어 히무라, 박선영과 만나 함께 숙소에서 저녁을 먹는데 벌써 며칠째 레토르트 스파게티라 물리기 시작했다.

그렇다고 루드 캣의 구내식당에서 먹자니 너무 기름진 음식만 있어 잘 가지 않게 되었다.

"히무라, 미국에는 김치 안 팔아요? 아니면 한국 음식이나."

"저도 좀 물려요, 대표님."

내 말에 박선영이 동조했다.

"그럼 내일은 한인 타운에 가보자. 거기라면 한국 음식점이 많을 거야. 도빈이 너도 한국 사람이긴 하구나?"

"대표님도. 당연한 말을 하고 그러세요."

그렇게 히무라와 박선영이 떠들고 있는데, TV에서 무엇인가가 나왔다.

"허리케인이 오나 보네."

"큰일이네요. 주변인 것 같은데. 미국은 규모가 크다면서요?"

"잘 모르겠네, 나는."

두 사람이 대화를 하는데 '허리케인'이라는 것이 곧 이쪽으로 오는 모양이다.

"허리케인?"

"아, 바람과 비가 엄청 많이 불고 내리는 거야."

순간 좋은 아이디어가 떠올라 벌떡 일어났다. 그래 봤자 식탁과 그리 차이 나지 않지만.

"왜 그래? 뭐 가져다줄까?"

"사카모토하고 상의할 일이 있어요."

의아해하는 두 사람을 두고 방에서 핸드폰을 들고 나와 사카모토 료이치에게 전화를 걸었다.

히무라와 박선영은 잠시 나를 보다 다시 밥을 먹기 시작했다.

몇 번의 신호음이 가고 곧 사카모토의 목소리가 들렸다.

-오. 도빈 군에게 전화를 받는 건 처음이구만. 무슨 일인가.

"좋은 생각이 떠올랐어요."

-좋은 생각?

"C챕터에 사용될 곡이요."

-아아. 그 태풍이 부는 부분 말이로군. 그래, 어떤 아이디어인가?

"허리케인이 오면 야외에서 연주를 하는 거예요. 그럼 빗소리, 바람 소리랑 같이 자연스럽게 녹음이 되지 않을까요? 게다가 그때그때 바로 변주할 수 있으니까요."

"풉!"

"……."

순간 뒤에서 무슨 소리가 들려 돌아보자 박선영이 음식물을 얼굴과 옷에 묻힌 채 히무라를 노려보고 있었다.

히무라는 사레라도 들린 듯 기침을 해댔고 때마침 사카모토가 입을 열었다.

-너무 위험해. 게다가 그 피아노곡 직접 연주하기로 하지 않

았다.

“그래도 가장 확실한 방법이에요. 녹음할 수 있을 것 같아요?”

-흐음.

“도, 도빈아 잠깐만. 너무 위험해. 잠깐 전화기 좀 줄래?”

음식물을 뒤집어 쓴 박선영이 화장실로 향했고 히무라는 내게 다가와 손을 내밀었다.

무슨 말을 하나 싶어 건네주었더니 자기 마음대로 전화를 끊어버리고 말았다.

“사카모토 선생님, 접니다. 히무라 쇼우. 도빈이와 이야기 좀 한 뒤에 다시 연락드리겠습니다. 네. 네. 네.”

“왜 끊어요?”

“도빈아, 정말 위험한 일이야. 규모가 어느 정도인지도 모르고 야외면 무슨 물건이 날아와 덮칠지도 모르는 일이라고.”

“음.”

제대로 녹음이 될지에 대한 걱정을 했는데, 안전에 대해서는 고려하지 않았다.

“그럼 안전하게 녹음할 수 있는 방법 없을까요?”

“그건…….”

“알아봐 주세요. 내일 제임스 터너랑 같이 이야기해 봐요.”

“꼭…… 그렇게 해야겠니?”

“네. 저는 방법이 이뿐이라 생각해요. 가능만 하다면 가장 자연스럽게 잘 녹음이 될 거예요."

"아니, 태풍 소리에 어울리는 연주를 하고 싶다며. 그 불규칙한 걸 어떻게 어울리게 하려고."

"즉흥 연주는 제 특기예요."

히무라가 관자놀이를 문질렀다.

"도빈아, 태풍 속에서 연주라니. 어머니 아버지가 아시면 큰일 나. 그냥 넘어가지 않으실 거야."

"그건 문제가 아니에요. 야외에서 좋은 음질로 녹음할 수 있는지, 안전하게 녹음할 수 있는지만 해결되면 되잖아요?"

"아아."

히무라가 뭐라 말을 못 하다가 한숨을 푹 내쉬었다.

"정말 내가 네 고집에는 못 당하겠다. 알아볼게. 내일 사카모토 선생님과 터너 씨하고 같이 이야기해 보자. 단, 방법이 없으면 무조건 포기해야 한다?"

"저도 피아노 치다가 돌 맞아 죽긴 싫어요."

강한 바람에 날아온 돌에 맞고 죽었다간 억울해서 눈조차 못 감으리라.

다음 날 오전.

내 말을 전해 들은 사카모토 료이치와 제임스 터너와 미팅을 가졌다.

먼저 히무라가 시작부터 초를 쳤다.

"도빈이는 이렇게 녹음해 보고 싶다고 합니다. 당연히 안 되겠죠? 하하하. 농담 한번 해봤을 뿐입니다. 도빈아, 아쉽지만 안 될 것 같다."

"안 되긴 뭐가 안 돼요. 아직 대답 안 했잖아요."

제임스 터너와 사카모토 료이치의 표정이 어둡기는 하지만 아직 직접 이야기를 한 건 아니다.

"안전하게 녹음할 수 있을 것. 제대로 녹음을 할 수 있는지. 이 두 개만 확실하면 좋을 것 같아요."

독어로 말하고 히무라를 보자 그가 어쩔 수 없다는 듯 제임스 터너에게 내 말을 전했다.

'제대로 전한 거 맞아?'

내 안전에 대해 신경 쓰는 히무라는 믿을 수가 없어서 의심하고 있는데, 사카모토 료이치가 입을 열었다.

"녹음 자체는 가능할 걸세. 음집기도 있고 여의치 않다면 와이어를 이용한 방법도 있지."

"와이어요?"

"음. 실제로 야외에서 녹음할 때 피아노와 스튜디오 사이를 와이어로 연결해 녹음을 한 적이 있네. 바람 소리를 함께 녹음하기 위함이었지."

전례가 있다는 말에 무척이나 기뻤는데 히무라는 죽을상을 지었다.

“안전 문제라면 어떻게든 마련해 보도록 하겠습니다. 간이 외벽을 만드는 것도 생각해 봐야겠군요.”

“터너 씨, 정말 그렇게까지 할 필요가 있습니까?”

히무라가 제임스 터너에게 뭐라 말했는데 따지는 듯한 말이었다.

그러자 빡빡머리의 큰 턱을 가진 남자가 굳은 결의로 뭐라 답했다.

“여섯 살 소년이 더 퍼스트 오브 미를 위해 이런 생각을 냈습니다. 대응해 주지 못한다면 어른으로서, 루드 캣으로서 창피한 일이지요.”

♪

태풍이 오는 날에 맞춰 일을 진행하기 위해 루드 캣과 사카모토 료이치는 매우 분주해졌다.

히무라에게 듣기로는 혹시 모를 위험을 대비해 소방서에 협조 요청을 하기도 했단다.

“도빈아, 정말 이래야겠니? 다시 한번 생각해 봐. 정말 위험할 수도 있어.”

“그래, 도빈아. 허리케인 규모가 어떨지는 아무도 모르는 일이야.”

철부지 어린애를 설득하기 위해 히무라와 박선영이 계속해서 노력했지만 나는 뜻을 굽히지 않았다.

“지금 좀 바빠요. 나중에 이야기해요.”

“배도빈!”

히무라가 소리를 쳤다.

이런 적은 처음이라 그를 봤는데, 정말 화가 난 표정이었다.

그제야 나는 그토록 이유를 설명했음에도 그가 이렇게까지 나를 말리려고 하는지 이해할 수 있었다.

재난의 기억을 가진 그로서는 불안할 수밖에 없었을 것이다.

“넌 아무것도 몰라. 이 일이 얼마나 위험한지 모른다고. 어른 말 들어. 고집부리는 것도 적당히 해.”

그가 내게 나이를 내세워, 나의 무지를 내세워 말한 것도 처음이었다. 평소의 히무라를 생각해 보면, 절대로 하지 않았을 말.

그러니. 이렇게까지 해서라도 나를 막을 생각인 것이다.

‘일곱 살 어린애’에게 겁을 줘서라도 막아야 한다고 생각하는 것이리라.

책임감과 불안감 때문이라 그의 행동을 이해하지 못하는 건 아니다.

“히무라, 위험한 걸 알아서 루드 캣과 캘리포니아주 소방국이 도와주는 거잖아요.”

"재난은 인간이 대비한다고 막을 수 있는 게 아니야! 외벽을 친다 해도 소리 때문에 결국 안전하게는 못 만들어. 그러다 무거운 거라도 날아와 부딪치면 그 안에 있는 네가 다친다고. 그러다!"

뒷말을 잇지 못한 히무라는 씩씩댈 뿐이었다.

나 역시 다치거나 죽을 생각은 눈곱만큼도 없다.

그러나 '더 퍼스트 오브 미'의 OST 작업을 소홀히 할 생각도 없다. 그러기 위해 할 수 있는 모든 노력을 하는 건데, 대안도 없이 그저 하지 말라는 히무라의 입장은.

나를 걱정하는 마음과 별개로 이해할 수 없었다.

"대안이 있어요?"

"뭐?"

"저는 이 작업 대충할 생각 없어요. 할 수 있는 한 최선을 다해 만들 생각이에요. 그러기 위해 루드 캣에 도움을 청한 거고요."

"그러다 네게 무슨 일이 생기면 그게 다 무슨 소용이냐. 응?"

타협할 수 없는 상황에 이르렀다.

서로의 생각에 틀린 점이 없고.

그럼에도 서로를 이해할 수 없다.

이래서는 만일 태풍 속에서 연주하는 작업이 안전하게 마무리된다고 해도 나와 히무라의 갈등은 해결되지 않을 것이다.

나는 보다 완벽한 음악을 만들고 싶었을 뿐이고.

히무라는 나를 생각했을 뿐인데 말이다.

사람과 사람의 관계에서는 이렇게 허무하게 헤어지는 일이 너무도 많기에, 지금도 그때인가 싶어.

사랑하는 히무라와 헤어지기 싫어 어떻게든 머리를 굴렸다.

더 나은 방법, 나와 히무라 둘 다 납득할 수 있는 방법을 말이다.

그렇게 나와 히무라가 서로를 보며 말없이 대치하고 있을 때 박선영이 입을 열었다.

"도빈아, 인공적인 방법은 어때? 큰 선풍기와 위에서 물을 뿌리면 비슷한 효과가 날 거야. 대표님은 어떻게 생각하세요? 실내에서 하는 거니 안전하고."

"그, 그래. 그거라면 분명 네가 바라던 효과가 날 거다."

"……알겠어요. 한번 해봐요."

확신은 없지만.

그래도 가능성이 있는 대안이 있으니 더는 고집을 부릴 필요는 없다.

실내에서 태풍이 부는 날과 비슷한 환경을 조성할 수 있다는 걸 몰랐던 나로서는 다시 한번 그들을 믿는 수밖에.

히무라가 급히 어디론가 전화를 걸었고 방에 남은 내게 박선영이 다가와 손을 꼭 만졌다.

"대표님이 다 도빈이 생각해서 그러는 거 알지?"

"알아요."

♪

"으음."

"……."

실내 환경 조성을 위해 할리우드에 업무협력을 요청한 루드캣은 곧 영화 세트장을 얻어 그쪽에서 일을 진행할 수 있었다.

다행히 사카모토 료이치의 인맥이 도움을 주었다고 한다.

그리고 그중에는 나를 지지하여 목소리를 내준 사람도 있었다.

"정말 말도 안 되는 일을 하려 했구나?"

"노먼."

영화계의 큰손 크리스틴 노먼이 세트장을 내게 빌려줄 것을 함께 부탁했다고 하니 나로서는 고마울 뿐이다.

"노먼은 촬영할 때 차를 진짜로 터뜨렸다면서요."

"그거야 그렇게 해야 실감이 나니까 그렇지."

"저도 그뿐이었다고요."

"사실 나도 이해해."

나와 같은 생각을 가진 사람이 없다고 생각했는데, 노먼도 나와 비슷한 생각으로 직접 그렇게 일을 해왔었다.

그녀가 살짝 웃었고 나도 웃었다.

그렇게 작업에 들어갔는데.

예상보다 그리 좋지 못했다.

사카모토 료이치와 롤랑 리옹의 표정이 그리 좋지 않았고 내 귀에도 썩 좋지 않았다.

"선생님, 어떻습니까?"

"……솔직히 말하면 도빈 군이 이걸로 만족할 것 같지 않네. 아직 스며들지 못했어. 환경은 비교적 잘 조성된 것 같지만 말이야. 게다가 인공적이다 보니 자연스러운 느낌이 없지. 도빈 군의 즉흥 연주도."

저쪽에서 히무라와 사카모토가 일본어로 대화를 하는데, 대충은 알아들을 수 있었다.

사카모토의 대답을 들은 히무라의 표정이 구겨졌다.

한숨을 내쉬는 모습에서 눈을 떼고 헤드폰을 쓰고 다시금 녹음된 것을 들어보았다.

한 번. 두 번. 세 번.

계속 반복하고 나서.

다시 헤드폰을 벗었다.

"다시 한번 해볼게요."

"OK!"

그렇게 녹음을 반복해 보았다.

그러나 나아지는 것은 없었다. 도리어 녹음을 반복할 때마다, 불규칙적이라 생각했던 물이 떨어지는 소리가 미묘하게 규칙이 드러나기 시작한 것.

짜증이 났다.

아무리 환경을 조성한다 한들 실제와는 차이가 있을 수밖에 없는 법이다.

떨어지는 물방울 소리의 미묘한 규칙을 찾고 나서는 잠시 작업을 중단하고 쉬는 시간을 요청했다.

'제기랄.'

미국에 와서 크고 작은 일로 갈등이 있었던 게 사실이다.

사카모토 료이치와도 그랬고 히무라와도 마찬가지.

그러나 이 갈등이 결국에는 좋은 결과를 이끌어내는 원동력이라 믿는다.

그들을 싫어하는 게 아니기 때문에, 그들도 나를 싫어해서 의견이 상충하는 것이 아니기 때문에 이 불협화음도 의미가 있다고 생각했다.

"아."

"뭔가 생각났니?"

그때까지 계속 내 옆에 있어준 크리스틴 노먼이 내게 물었다.

"네."

"잘됐네."

불협화음. 엇박자 화음.

음이 서로 조화를 이루지 못하고 불안정한 느낌을 주지만 잘만 사용하면 도리어 더욱 감정을 고조시켜 준다.

마치 나와 사카모토.

나와 히무라의 관계처럼 말이다.

곧장 악보를 찾아들어 화음을 바꾸기 시작했다. 분명 이 물이 불규칙적으로 쏟아지는 소리와 간헐적인 바람 소리와 함께 불안정한 이 화음이.

무엇인가를 만들어줄 거란 강한 확신에 펜을 움직였고.

세트장 중간에 위치한 피아노 앞에 앉았다.

"사카모토! 한 번만 더 갈게요!"

"으음."

역시 내 예상대로 마음에 들지 않았던 모양이다.

도빈 군이 피아노 앞으로 가 다시 한번 녹음을 요청한 것을 들은 히무라는 그나마 다행이라는 표정을 지었다.

아마 포기하고 실제 허리케인 안에서 연주하겠다고 말하지 않은 걸 다행이라 여긴 듯하지만 이대로라면 아마 그렇게 될 것만 같았다.

아무리 잘 세팅한다고 해도 실제처럼 자연스러운 환경을 만드는 것은 무리다.

문제는 이대로 밖에 나가서 연주를 한다 해도 만족스러울지에 대한 확신이 없다는 것.

도빈 군의 음악적 열정에 대해서는 이 늙은 나도 존경하고 존중하나 뾰족한 답이 없기에 답답할 뿐이었다.

그러나 우선은 어쩔 수 없이 도빈 군의 요청대로 스태프들에게 사인을 보냈다. 스탠바이를 갖추고 도빈 군에게 시작해도 된다고 말하자 이내 곧.

구슬픈.

불안한.

그러나 그 사이에 의지가 깃든 도빈 군의 피아노 소나타 '태풍 치는 언덕' B단조가 연주되었다.

정말 훌륭한 곡이 아닐 수 없다.

감히 말하건대 세계 그 어떤 작곡가가 와도 이보다 훌륭한 B단조의 소나타를 만들 수 없을 것이며.

그 어떤 피아니스트라 할지라도 도빈 군처럼 이 곡을 잘 표현할 수 없을 것이다.

그런데.

'음?'

곡이 다르다.

분명 방금까지만 해도 내가 알던 '태풍 치는 언덕'이었거늘.

불협화음이 섞인 지금의 변주곡은 놀랍도록 이 불규칙한 물소리와 바람 소리와 아슬아슬하게 어울리고 있었다.

그 불안감이 극적인 분위기를 잡는 것은 물론, 적극적으로 활용한 불협화음을 통해 어색한 주변 환경이 도리어 자연스레 녹아들고 있다.

'이럴 수가 있나.'

불협화음을 쓰는 건 그리 대단한 일이 아니다.

중세 때나 금기시 되었을 뿐이지 바흐부터 모차르트와 베토벤까지 너무도 잘 활용하였다. 이후로도 근 200년 동안 잘 사용되어 왔고 지금에 이르러서는 자연스러운 부분으로 자리 잡았다.

그런데.

순식간에 이 환경과 어울리도록 배치한 도빈 군의 능력은 쉬이 납득할 수 없었다.

도빈 군의 역량이 범상치 않다는 것 정도야 익히 잘 알고 있고 그 누구보다 가까이 있었던지라 어느 정도 가늠하고 있다고 생각했거늘.

불가능한 일이다.

불가능한 일을 저 어린아이가 해내고야 말았다.

"료이치……. 지금 이거 방금 막 고친 것이 맞는가."

벗인 롤랑 리옹도 믿기지 않는 듯 굳이 내게 물었다.

"그런 것 같네."

"정말 믿을 수가 없군. 같은 곡을 이렇게나 빨리 즉흥적으로 고쳐, 환경과 어울리게 하다니. 발상도 뛰어나. 안정적인 게 아니라 도리어 불안하게 만들어 조화를 만들다니. 자네는 이걸 믿을 수 있는가?"

롤랑의 말에 고개를 저을 수밖에 없었다.

믿을 수 있을 리가 없지 않은가.

연주를 마치고.

뛰어와 녹음된 곡을 들어보는 것을 기다린 뒤에 다가가 번쩍 안아들었다.

"왜, 왜 이래요, 사카모토!"

"하하하하하! 대단해! 대단해!"

이 시대 새로운 역사를 쓸 인물로 성장할 거라 생각했거늘.

이미 나는 역사적 인물과 함께하고 있었다.

음악이 아름답기 위해 범하지 못할 규칙이란 없다.

-루트비히 판 베토벤

· 20악장 ·

8살, 입학

작은 갈등이 있었지만 결과적으로 이번 작업은 훌륭하게 진행되었다.

음악팀의 인원이라든가.

연주 방법에 대한 일이라든가.

홀로 작업했을 때와 달리 늘 의견이 맞지 않아 그 때문에 시간을 보내고 고민하게 되었지만, 그 덕분에 정말, 만족할 수 있는 곡이 완성되었다.

불협화음이 곡을 전반적으로 더욱 풍성하게 완성도를 높여 주듯이.

이렇게 작은 갈등이 더 나은 결과를 만드는 문제 제시 역할을 했다는 것을 인정할 수밖에 없었다.

그런 문제가 없었더라면 그 문제를 해결하기 위해 노력하지 않을 테고, 이렇게 만족스러운 결과물을 만들어내지 못했을 테니까.

그리고.

"도빈아, 인크리즈 OST가 그래미상에 노미네이트되었어."

"어머. 정말요?"

"노미네이트가 뭐예요?"

깜짝 놀라 신을 내는 박선영을 두고 히무라에게 물었다.

"후보에 올랐다는 뜻이야. 2년 연속 후보에 오르다니. 이거 또 난리가 나겠는데?"

안 받았으면 모를까.

이미 한 번 받았으니 할 말이 없었다. 발표가 된 것도 아니고 후보로 올랐을 뿐이라니 아직은 신경 쓰지 않아도 될 듯하다.

지금은 '더 퍼스트 오브 미'에 집중할 때다.

그렇게 시간이 좀 더 흘러.

12월이 될 즈음에는 어느 정도 작업이 완성 단계에 이르렀고 실제 녹음 작업과 게임에 포함되었을 때를 확인하는 단계만이 남아 있었다.

예상보다 훨씬 빠른 속도였다.

"도빈아, 언제쯤 끝날 것 같아?"

루드 캣의 구내식당에서 식사를 하고 있는데 박선영이 물었다.

"한 달 안에는 마무리될 것 같아요. 필스가 연말 연주회 때문에 녹음을 서두르자고 했거든요. 그 뒤로 미루든가."

총 11곡 중에 로스앤젤레스 필하모닉이 연주를 해주기로 약속한 곡은 두 곡이었다.

이미 한 달 전에 악보를 넘겨주고 토마스 필스에게 부탁했는데 아마 지금쯤이면 연습도 거의 이루어졌을 것이다.

각각 8분, 13분 정도 되는 1악장 정도 되는 길이인데 토마스 필스가 어떻게 해석했는지 궁금하다.

"빨리 할 수 있으면 좋지만 무리해선 안 돼."

"걱정 말아요, 히무라."

히무라와 마주 보고 웃었다.

"빠르면 좋을 텐데."

그러나 박선영은 빨리 돌아가고 싶은 모양인지 다 들리게 혼잣말을 했다.

"저도 빨리 돌아가고 싶어요."

"정말?"

"하하. 선영 씨가 빨리 돌아가고 싶나 보네."

내 대답에 박선영이 반색했고 히무라가 웃으며 반응했다.

몇 개월이나 타지에 있으니 확실히 빨리 돌아가고 싶은 마음도 이해할 수 있다.

"그럼요. 음식도 입에 안 맞고 아는 사람도 없고. 무엇보다 여기 있으면 퇴근을 해도 퇴근한 것 같지가 않아요."

"크흠."

당찬 사원과 불쌍한 사장의 대화를 들으며 맛없는 빵을 뜯는데 가방에서 'Smells like teen spirit'가 울렸다.

잠시 내려놓고 핸드폰을 찾으니 외할아버지가 건 전화였다.

'무슨 일이지.'

그간 연락을 한 적이 없었기에 의아했으나 일단은 받았다.

"할아버지?"

-그래, 도빈아. 잘 지내느냐.

"맛없는 빵만 아니라면 잘 지내고 있어요."

-맛없는 빵?

"여기 빵은 너무 맛이 없거든요."

-그럼 안 되지. 밥은 맛있게 잘 먹어야 키도 잘 큰단다. 음악은 잘 만들고 있고?

"어? 어떻게 아셨어요?"

-네 기사라면 잘 찾아보고 있지. 그 외에도 할아버지가 모르는 건 거의 없단다. 루드 캣이 잘 대해주고 있더냐?

"네. 잘해주고 있어요. 작업도 거의 끝나서 요즘에는 여유로워요."

-음음.

만족스럽다는 듯 소리를 낸 외할아버지가 생각지 않았던

말을 꺼내셨다.

-실은 네 학교 말이다. 기왕이면 좋은 환경에서 다닐 수 있도록 알아봤는데 네 생각은 어떠냐.

학교라면 내년에 가야 하는데.

기왕 가는 거 좋은 곳에 가는 게 나쁠 것 같지 않다.

뭐든 좋은 게 좋은 거니까.

하지만 어머니께서 외할아버지의 호의를 받아들이실까 싶다.

"그게 좋을 것 같아요. 근데 엄마가 반대할지도 모르겠어요."

-그건 걱정하지 않아도 된다. 네 엄마랑은 이야기해 보도록 하마. 설마 아들 좋은 곳에서 공부시킨다는데 반대하겠느냐.

일반적이라면 그럴 리 없겠지만 두 분의 관계를 봐서는 그러실 것 같다.

"할아버지, 물어볼 게 있어요."

-뭐든.

"엄마 아빠랑 대화할 순 없는 거예요?"

-으으음. 노력해도 잘 안 되는 일이 있단다.

"그래도 오해는 푸는 게 좋지 않을까요? 부모랑 자식이잖아요."

아무래도 아버지와 외할아버지 사이에 무슨 일이 있었는데, 그 때문에 관계가 나빠진 듯하다.

그래서 차라리 오해를 푸는 쪽이 낫지 않을까 하여 물어보았다.

-끄응.

잠시 고민하듯 신음한 외할아버지가 입을 열었다.

-그래. 언제까지 이러고 있을 순 없겠지. 걱정 말고 지내거라.

"네. 할아버지도 건강하세요."

전화를 끊으니 히무라가 궁금하다는 듯 곧장 물었다.

박선영도 마찬가지로 새로운 주제에 관심을 보이고 있다.

"할아버지?"

"네. 학교 이야기로 전화하셨어요."

"그러네. 벌써 학교 갈 때가 됐어. 그런데 할아버지 이야기는 처음 듣는 것 같은데?"

"연락 잘 안 하는 편이에요."

"하긴. 대부분 그런 편이지. 그래도 네 진로 생각하시는 거 보니 엄청 아끼시나 보다."

"그러신 것 같아요."

"그래서? 어디로 가는데? 들어보니 국립은 아닐 테고, 사립인 거 같은데."

"글쎄요. 집이랑 가까우면 좋겠어요."

일용직을 전전하던 배영준은 얼마 전 작은 건설업체 대표에

게 특유의 성실함을 보여 직장을 얻을 수 있었다.

급여는 많지 않지만 일을 꼼꼼하게 처리하고 필요한 일을 먼저 찾아 하기에 회사나 주변 거래처 사이에서 평판이 좋았다.

"배 씨가 참 서글서글하니 일도 잘해. 응?"

"그래. 사람 하난 참 진국이지."

"그 왜 듣자니 학벌도 좋다더만."

"학벌?"

"박사였대. 박사."

"예끼, 말이 되는 소릴 해야지. 박사까지 한 사람이 왜 여기에 있어?"

"그런가?"

오후 3시.

잠시 쉬고 있던 사람들이 배영준에 대해 이야기하고 있을 때 때마침 배영준이 그 앞을 지나가고 있었다.

"배 씨! 어디 가? 여 와서 커피 한잔하고 가."

"그럴까요?"

대충 자리 잡고 앉은 배영준에게 캔 커피 하나를 챙겨준 남자가 물었다.

"배 씨, 학벌이 좋다며? 박사라고 하던데. 무슨 박사야?"

"하하. 누가 그러던가요. 아닙니다."

"거봐. 그럴 리가 없다고 했잖아. 멀쩡한 사람 거짓말쟁이로 만들어 왜?"

"아니, 난 그런 줄 알았지 뭐."

"하하하하."

잠시 수다를 떤 뒤 배영준이 일어섰다.

"왜. 벌써 가려고?"

"남은 일이 좀 있어서요. 천천히들 오세요."

"그래. 욕봐."

인사를 나누고 현장으로 걸어가는 배영준의 얼굴에는 씁쓸함이 묻어나왔다.

부정하곤 있지만 확실히 10년 전만 해도 그는 이제 막 박사 학위를 딴 촉망받는 재자(才子: 재주가 뛰어난 젊은 남자)였다.

28살.

동기들이 취업 준비를 하고 있을 때 그는 이른 나이에 사학 박사 학위를 땄다. 동시에 당시 WH그룹의 후원으로 막 진행되고 있었던 한 사업에 투입되었다.

'테메스 문명 발굴 사업'.

WH그룹은 유럽에서 대규모 관광 사업을 계획하고 있었는데 김남식 박사는 WH그룹을 끈질기게 설득해 그 대규모 사업에 함께할 수 있었다.

목적은 '테메스'라는 고대 문명 유적을 추적, 발굴하는 것.

그전부터 김남식 박사는 테메스 문명에 대한 논문을 매년 발표했고 학계의 반응은 반으로 나뉘었다.

그러나 이에 관심을 가지고 있었던 WH그룹의 유장혁 회장과 접촉, 찾아낼 수 있다면 WH그룹이 유럽에 투자하려는 관광 단지 사업 조성에 크게 기여할 것으로 설득하였다.

그 사전 작업으로 배영준이 포함된 김남식 팀이 문헌으로만 존재하는 유적을 탐사, 발굴하게 된 것이었다.

그것만 발견하면 WH그룹은 그를 중심으로 해당 지역과 연계하여 관광지를 형성하여 유원지 사업을 할 예정이었다.

해외 언론과 학계에서도 끊임없이 관심을 받았고 김남식 박사는 어마어마한 투자금을 받으며 연일 언론에 관련한 자료를 뿌려댔다.

그러나.

1년간 아무런 소득도 없었고 학계에서는 연일 반박하는 주장이 나오던 와중, 김남식 박사의 치부가 드러나 버렸다.

WH그룹 및 여러 사업체로부터 받은 투자비의 일부를 사적인 목적으로 사용하였던 사실과 그 돈이 일부 발굴 현장을 훼손한 채 방치하면서 남은 돈이었다는 점, 과거 논문 표절 사건까지 터지며 국내외로 비난의 여론이 쏠렸던 것이었다.

배영준과 나머지 학자들에게는 청천벽력과도 같은 일이었다.

뒤늦게 사실을 안 배영준은 동료들과 함께 김남식을 퇴진시키고자 하는 움직임을 보였고, 비록 김남식의 독단이었지만 해당 지역민들에게 보상을 하고자 사비까지 털어냈다.

그러나 이미 기울어진 여론을 달랠 수는 없었다.

결국 WH그룹은 '테메스'를 포기, 다른 방법으로 유원지 사업을 진행했다. 그 사업에 투자했던 다른 사람들이 WH그룹이 손을 떼는 것을 보고선 등을 돌린 것은 당연한 수순이었다.

또 다른 피해자였지만, 배영준과 수많은 학자들은 하루아침에 사기꾼으로 몰려 불명예스럽게 사업을 중단할 수밖에 없었고.

그 과정에서 배영준은 유진희의 부친, 유장혁으로부터 사업 중단을 반대하는 이들을 설득하라는 권유와 WH그룹으로 들어오라는 제의를 동시에 받았다.

배영준은 차마 자신의 꿈을 포기할 수 없었다.

조금만 더 손을 뻗으면 잡을 수 있을 것 같았다.

테메스에 관련한 유물들이 속속들이 발견되고 있었다. 그런 상황과 자신과 마찬가지로 모든 것을 잃은 동료들을 버리고 WH그룹으로 들어갈 수 없었다.

그래서 테메스 발굴 사업의 정당성을 홍보하고 다녔으나 역부족.

그렇게 그의 꿈은 끝난 듯했다.

배영준은 유진희와 귀국, 반려자와 함께 새 삶을 살기 시작했고 마침내 아이를 얻었다.

그 아이가 배도빈.

과거 테메스를 찾기 위해 청춘을 불태웠던 배영준에게 가장 소중한 보물이었다. 비록 첫 번째 꿈은 허무히 잃었지만 그 무엇보다 소중한 아들을 얻은 지금, 그는 누구보다도 행복했다.

잠시 옛일을 생각하던 배영준이 다시금 발을 옮기려는데 누군가 그에게 말을 걸었다.

"공부가 아니라 땅 파는 게 천직이었던 모양이군."

"……안녕하십니까."

배도빈의 외할아버지이자 아내 유진희의 부친, WH그룹 유장혁 회장이었다.

"잠깐 시간 좀 내지."

"하던 일이 있어 어렵습니다. 하실 말씀이 있으시다면 괜찮으실 때 찾아뵙겠습니다."

"기다리겠네."

"……."

돈이라면 10원짜리 동전 하나도 허투루 쓰는 법이 없는 유장혁이 그보다 귀하게 여기는 게 있다면 시간이다.

사업을 하다 적자를 내면 징계지만 시간을 지키지 않으면 이유를 막론하고 다시는 WH그룹에 발을 못 붙이게 할 정도로 시간을 중요히 여기는 사람인데.

기다리겠다는 말에 배영준이 놀랐다.

"내 성격 알 텐데 그러고 있나."

"……5시까지 나오겠습니다."

"알겠네."

작업 현장으로 향하는 배영준은 갑자기 찾아온 장인에 대한 의문을 풀 수 없었다.

아무리 생각해도 남처럼 지낸 지 몇 년이나 되었는데 지금에 와서 이런다는 게 이해되지 않았다.

아내 유진희도 그에게 언질을 주지 않았기 때문에 그는 고민하다가 일을 대충 마무리하곤 작업장 입구로 향했다.

"타지."

무슨 일일까.

혹시 도빈이를 보고 싶은 것일까.

그런 거라면 외할아버지로서 당연한 감정이다. 아내는 싫어하겠지만 그 정도라면 함께 자리하는 게 도리였다.

문제는 혹시나 하는 그것.

도빈이를 빼앗아가려는 거라면 어떻게 대처해야 현명할지, 고민할 수밖에 없었다.

두 사람이 조용한 곳에 자리를 잡았다.

아무도 없었고 그들 이외에는 유장혁 회장의 비서, 김재식 비서실장만이 함께하고 있었다.

"도빈이 학교를 알아봤네."

"아."

뜻밖의 이야기였던지라 배영준은 반은 안도하고 반은 고마웠다.

김재식 실장이 건네준 팸플릿에 대한민국 최고의 사립학교가 소개되어 있었기 때문이었다. 유진희도 이곳 출신이었기에 몇 번 들은 적이 있었다.

경기도에 1만 평에 해당하는 부지를 두고, 대한민국 정·재계의 정점들이 자재들을 책임지고 교육하는 로열 스쿨이었다.

단 100명도 안 되는 학생들을 가르치기 위한 한국 초등학교, 중학교, 고등학교의 시설은 WH그룹을 등에 업어 세계적으로도 질과 규모를 비교할 수 있는 곳이 몇 없었다.

"한국 초등학교. 자네도 잘 알 걸세."

"네. 잘 압니다."

"도빈이는 천재야. 부모라면 최고의 환경에서 불편함 없이 공부할 수 있게 해줘야겠지."

"……."

비록 그의 형편이 부족하다고 하지만 유장혁과 같은 생각이었다.

아이에게만큼은 가장 좋은 것을 주고 싶었다.

"중학교, 고등학교도 마찬가지야."

유장혁이 말하곤 김 실장에게 눈짓을 주자 그가 배영준에게 설명을 시작했다.

"고등학교까지 학비를 포함한 모든 지원을 받으실 겁니다. 특히 초등부부터 전문 교사가 붙어 도빈이의 학교생활을 관리해 줄 겁니다."

"학교생활을요?"

"네."

"무슨 말씀을 하시는 건지 구체적으로 말씀 부탁드립니다."

"학습에 관련해 도빈이의 성취도에 따라 맞춤형 대응을 할 예정입니다. 또 성장기 영양 상태부터 신체적인 케어 나아가서는 교우 관계에 있어서도 관리를 받을 겁니다."

"다른 건 그렇다 치지만 친구를 사귀는 건 도빈이가 스스로 결정할 일입니다."

배영준이 김 실장이 아니라 유장혁 회장을 보며 말했다.

"그건 빼게."

"네."

잔뜩 긴장하고 용기를 내 한 말인데, 의외로 쉽게 의견이 반영되어 배영준은 도리어 당황했다.

"그럼 설명을 이어가겠습니다. 특히 음악과 관련해 최고의 교사와 환경을 준비하였습니다. 이미 한국 초등학교에는 합창단, 현악부, 관악부 등이 있지만 도빈이의 수준을 고려, 최고의 강사를 초빙하였습니다."

그 뒤로도 이어진 김 실장의 설명에 배영준은 심경이 복잡해졌다.

한국 대학교의 부설학교인 한국 초·중·고등학교는 애초에 '있는 집 자식'만 들어갈 수 있을 정도로 정원수는 적고 환경은 최고였다.

배영준은 한국 대학교에 입학하기 전까지 그런 곳이 있는 줄도 몰랐다.

그만큼 일반적인 환경과는 동떨어진 곳인데.

김 실장의 말을 들어보면 지나친 부분 몇몇만 제외하면 정말 좋겠다는 생각이 들었다.

예전, 나카무라가 해준 말이 떠올랐기 때문이었다.

'안 그런 분야가 있겠습니까? 음악도 마찬가지입니다. 어느 선생에게서 배웠는지, 누구와 함께했는지, 어느 학교를 다녔는지에 따라 음악 활동을 하는 데 영향을 받을 수밖에 없습니다. 아무래도요. 기회부터 다르죠. 그래서 갑자기 성장한 도빈이는 그 기반이 아쉽습니다. 이제부터 차차 만들어가야죠.'

학연이 폐습 중 하나라지만 좋은 사람을 많이 알고 지내는 게 나쁜 거라곤 생각할 수 없었다.

대한민국은 좋든 싫든 한국 학교를 중심으로 돌아가고 있었다.

학연이 정당한 평가를 받아야 하는 자리에 그 기준으로 포함된다면 문제겠지만 훌륭한 사람들로부터 좋은 영향을 받는 것만은 분명 좋은 일이니까.

지금은 비록 둘도 없는 원수가 되었지만.

고아였던 배영준이 아득바득 한국 대학교에 진학하여 김남식을 만나면서부터 그의 인생이 바뀌었으니 말이다.

배영준이 고개를 숙였다.

“감사할 따름입니다.”

“……그래.”

잠시 정적이 흐르고.

유장혁이 입을 뗐다.

“나를 원망하는가.”

♪

“…….”

“이게 무슨…….”

할아버지와 통화를 한 다음 날.

누군가 찾아와서 식사를 준비했다고 하기에 히무라와 박선영 그리고 숙소에서 생활하는 루드 캣 사람들과 함께 나섰더니.

요리사로 보이는 사람들이 숙소 앞 정원에 테이블과 의자를 두고 요리를 하고 있었다.

"자리로 안내해 드리겠습니다."

웨이터가 다가와 테이블로 인도했다.

"무슨 일이에요?"

"글쎄. 루드 캣이 준비한 건가?"

자리를 잡고 앉은 히무라와 박선영이 당황한 것처럼 나도 적잖이 놀랐다.

'설마.'

문뜩 어제 외할아버지와 한 통화 내용이 떠올랐다.

찾아온 사람은 족히 마흔 명은 되어 보였고, 정원에 세팅된 식탁은 저마다 정성스럽게 가꿔져 있다.

예전에 귀족가에 초청을 받았을 때나 보던 광경이다.

"와아. 이것 좀 봐. 도빈아, 아."

"아."

뷔페처럼 놓여 있는 에피타이저를 먹어본 박선영이 내게도 권해주어 맛을 보았더니 영혼이 행복해졌다.

"루드 캣에서 준비한 겁니까?"

히무라가 제임스 터너에게 물었다.

"아뇨. 듣기론 도빈이의 할아버지께서 보내셨다고."

"네?"

뭔가 놀랄 말을 들었는지 히무라가 되물었고 제임스 터너는 어깨를 으쓱인 뒤 음식을 먹으러 다녔다.

박선영과 나는 달고 새콤한 에피타이저를 잔뜩 담아와 앉아 먹기 시작했는데, 히무라가 슬며시 앉으며 물었다.

"도빈아, 할아버지 어떤 분이셔?"

"몰라요."

돈이 많다는 건 알지만 할아버지에 대해서는 잘 모른다.

어머니께 물어볼 수도 없는 노릇이고 할아버지와 대화를 많이 한 것도 아니니까.

굳이 물어볼 이유도 없어서 그런가보다 여기고 있었다.

"제임스 터너가 도빈이 할아버지가 준비해 주셨다는데?"

"그래요?"

역시 그랬던 모양이다.

손주 사랑이 지극한 능력 있는 할아버지다. 다른 사람도 아니고 할아버지가 준비한 거니 맛있게 먹는 일만 남았다.

"그래요라니. 출장 뷔페는 몇 번 봤지만 이만한 퀄리티는 처음이라고."

"저는 모르는 일이에요."

그렇게 에피타이저를 먹고 있는데 웨이터가 음식을 가져다 주었다.

척 보기에도 맛있어 보인다.

"세상에. 대표님, 이거 보세요. 아, 진짜 맛있어. 도빈아, 자."

박선영이 덜어준 걸 먹어보니 확실히 지금까지 먹었던 파스타를 가장한 무엇인가와는 차원이 달랐다.

"식재료도 좋고. 보통 분이 아니신 것 같은데."

솔직하게 맛 좋은 음식을 즐기지 못하는 히무라도 결국엔 욕망을 거스르지 못하고 먹기 시작했다.

"하하하. 이거 도빈 군 덕분에 이런 호사를 누리는군."

"사카모토. 리옹."

그러고 있자니 뒤늦게 나온 사카모토와 리옹도 테이블에 합석했다.

그들 입맛에도 맞는 모양.

소식을 하는 사카모토도 여러 종류의 음식을 조금씩 음미하며 먹는다.

"입에 맞으십니까?"

누군가 한국말을 해서 돌아보니 중년의 남자가 미소 짓고 있었다.

"책임자 앤드류 홍입니다."

웃긴 이름이다.

"셰프셨군요. 정말 맛있어요."

박선영이 모두를 대신해 밝게 인사했다.

나도 그녀를 따라 고개를 끄덕여 보였다.

앤드류 홍이 그것을 기쁘게 받아들였다.

"다행입니다. 회장님께서 앞으로 끼니마다 자리를 마련하라 말씀하셨습니다. 특별히 좋아하는 식재료나 음식을 말씀해 주시면 준비하도록 하겠습니다."

"회장님?"

"끼니마다?"

다들 어리둥절한 모양이다.

그러나 중요한 건 그게 아니라는 걸 다들 모르는 눈치다.

요점은 이렇게나 훌륭한 솜씨를 보이는 요리사의 음식을 앞으로 계속 맛볼 수 있고 그 메뉴를 내가 정할 수 있다는 거다.

"카레가 좋아요."

"카레. 알겠습니다."

"자, 잠깐. 도빈아. 카레는 언제든지 먹을 수 있잖아."

박선영이 말렸다.

"하지만 맛있잖아요."

"그렇긴 하지만."

"그냥 먹어도 맛있는 카레를 이렇게 솜씨 좋은 분이 만들면 대체 얼마나 맛있겠어요?"

"……."

"하하하. 최선을 다해 준비해 보도록 하겠습니다. 그럼 즐거운 시간 보내시길 바랍니다."

앤드류 홍이 자리를 떠나자 사카모토 료이치가 껄껄 웃으며 말했다.

"이거 도빈 군에게 깜빡 속았지 뭔가."

"속아요?"

나와 히무라 박선영이 동시에 물었다. 그를 속인 적이 없었기에 나는 더욱 의문이 들었는데.

"앤드류 홍이라는 친구 WH호텔에서 나온 모양이더군. 회장님이라 하는 걸 보니 WH그룹의 유장혁 회장에 대해 말하는 거 같던데."

사람들이 요리사들이 타고 온 차량을 확인하곤 나를 봤다.

당장 소리라도 지를 기세다.

기억을 곰곰이 더듬으니 어머니와 할아버지가 대화를 나눌 때 WH라는 말이 나온 것 같기도 하다.

"그럴지도요?"

"뭐?"

히무라와 박선영 그리고 롤랑 리옹까지 놀라 역시나 소리를 쳤다.

"자, 자세히 얘기해 봐, 도빈아. 정말 WH그룹의 유장혁 회장이 네 할아버지야? 성이 다른데?"

"외할아버지요."

퍼뜩 어머니를 떠올렸는지.

히무라가 고개를 격하게 끄덕였다.

"그, 그렇지. 어머님도 분명 유씨. ……아니, 그런데 어떻게 이게 이렇게까지 비밀로."

비밀이 아니라 연을 끊은 수준이라고 말하고 싶었지만 가족 이야기라 굳이 말하고 싶지는 않았다.

어머니에게도 아버지에게도.

외할아버지에게도 그리 좋은 기억이 아닌 듯하니 더더욱 그렇다.

"전 어려서 잘 몰라요."

이럴 때는 어린 것도 편리한 듯.

정확한 대답을 피하자 다들 황당한 눈으로 나를 계속 봤다. 식사하는 데 방해가 되어 살짝 인상을 썼다.

"불편하게 왜 이래요."

"전형적인 대사야. 신분을 숨기고 있었던 재벌 3세의 전형적인 대사!"

박선영이 헛소리를 해댔다.

"아, 아니, 그래. 도빈아, 너 가난해서 돈 벌고 싶다고 했었잖아. 그건 무슨 뜻이야?"

히무라는 대답하기 곤란한 질문을 했고 다시 답을 피할 수밖에 없었다.

"너무 깊게 파고들면 안 돼요, 히무라."

"이, 이것도. 천재에다가 비밀을 가진 재벌 3세. 게다가 귀엽기까지 해. 완전 사기잖아!"

"하하하하! 재밌구만. 재밌어."

내 외할아버지가 부자인 게 그렇게나 신기하고 놀라운 일인가 싶다.

"그렇게 놀랄 일이에요?"

"아무렴!"

박선영이 소리쳤다.

"WH그룹이 거느린 계열사 하나마다 어마어마하잖아! WH전자만 해도 그래. 우리나라, 아니, 세계 모든 집에 있는 티비랑 세탁기랑 청소기 전부 WH전자 물건일걸? 그뿐이야? 여기 있는 사람 중에 80퍼센트는 WH 핸드폰 쓸 텐데!"

"사실 WH금융이 제일 무섭지……."

무슨 말을 하는 건지 몰라 무시하곤 밥을 먹는데 버섯과 함께 곁들어 나온 스테이크가 너무도 맛있었다. 입안에서 육즙이 혀를 감싸듯 확 터져 그걸 음미하는데 사카모토와 눈이 마주쳤다.

"껄껄. 미국에 와서 그렇게 행복한 표정은 처음 보는구만. 녹음이 잘 되었을 때보다 말이야."

"걸작을 맞이했을 때의 기쁨은 비교할 수 없죠."

"요리도 걸작이라고 표현하는가. 흠. 어디……."

사카모토도 음식을 덜어 한 입 먹었는데 과연 그도 입안 가득 육즙의 풍미를 느꼈을까 싶다.

"과연. 과연 이건 걸작이로군."

사카모토와 웃으며 다시 한번 고기를 썰었다.

일주일 뒤.

로스앤젤레스 필하모닉이 연주를 마쳤다.

직접 지휘했다면 더 좋았겠지만 토마스 필스를 두고 로스앤젤레스 필하모닉의 포디움에 오를 순 없는 법이다.

지금까지 그랬던 것처럼 몇 번 미팅을 하며 토마스 필스와 이야기를 나누고, 그에게 지휘를 맡겼는데.

바라던 바와 조금 달랐다.

다른 부분은 토마스 필스의 해석을 존중해 줄 수 있지만 주제와의 연결부가 내 의도와는 달리 너무도 자연스러웠다.

'대화를 나누지 않은 부분이기도 하고.'

그와 대화를 하기 위해 다가갔다.

"어떤가."

"훌륭했어요."

만족스럽게 고개를 끄덕이는 토마스 필스에게 말했다.

"연결부에 음을 좀 더 끈 건 무슨 의도였어요?"

"아."

토마스 필스가 설명하기 시작했다.

"따라오는 음과 차이가 심해서 음을 좀 더 늘려 연주하도록 했네. 그게 듣기 편할 테니까."

토마스 필스의 의견은 틀리지 않다.

"음이 끊은 뒤에 반전을 주기 위함이었어요. 일부로 연결부는 끊어지도록 의도한 거예요."

"흐음. 그랬구만."

"네. 이 곡, 타이틀이 나올 때 들어가거든요. 타이틀이 사라지면서 화면이 어둡게 되었을 때 소리도 없어요. 그리고 새로운 세계를 접했을 때 다시금 시작되는 거죠."

"무슨 뜻인지 알겠네."

토마스 필스가 단원들과 함께 다시금 연주를 시작했다.

많은 작곡가가 주제와 연결부를 자연스럽게 또는 화려하게 치장하는 데 주력하고 나 또한 그런 곡이 없는 건 아니나.

나는 그렇게 선호하지 않는다.

연결부를 유려하게 표현할수록 주제와의 독립성이 떨어지기 때문인데 그런 만큼 연결부를 포기하면서 얻을 수 있는 효과를 노리는 것이다.

정적 뒤에 오는 반전을 말이다.

♪♪♩♪

♪♪♬♪

연주는 내가 의도한 바와 같이 구분되 후에 진행되었다.

역시.

로스앤젤레스 필하모닉 역시 베를린 필하모닉과 빈 필하모닉처럼 훌륭한 악단이다.

언젠가는 반드시 이렇게 훌륭한 관현악단을 지휘할 거라 생각하며, 그것이 베를린 필하모닉이길 바라며 연주를 마친 그들에게 박수를 보냈다.

"훌륭한 곡이었네."

녹음을 마친 토마스 필스는 '더 퍼스트 오브 미'의 시작 테마인 'Entrance'를 다이나믹하다고 표현했다.

"고마워요, 필스."

"천만에."

이로써 미국에서의 모든 일정을 마쳤다.

한국으로 짐을 보내기 위해 숙소에서 준비를 하고 있는데 박선영이 침대에 풀썩 앉으며 환호했다.

"드디어 집이다!"

"아직 3일이나 남았잖아요."

"그러게에~ 어떻게 기다리지?"

아예 누워버린 박선영이 싱글싱글 웃기에 나도 피식 웃곤 짐을 쌌다.

한국에서 보낼 때보다 짐이 훨씬 많았는데, 이쪽에서 산 겨울옷이라든가 물건이 꽤 많았던 탓이다.

낑낑대고 있자 박선영이 일어나 도와주었다.

"한국 가면 젤 먼저 뭐 할 거야?"

"음."

어머니 아버지와 함께하는 건 당연하고 가장 궁금한 건 채은이가 최근 몇 달간 얼마나 성장했는지에 대해서다.

'악보는 제대로 봤으려나.'

혹시 몰라 히무라에게 부탁해 제1피아노와 제2피아노를 직접 연주한 것을 합쳐 녹음한 파일을 옆집 아주머니께 드렸지만 그 애는 항상 내 예상을 뛰어넘으니 지금은 어떨지 궁금했다.

"옆집 애가 얼마나 늘었는지 보려고요."

"옆집 애? 친구? 여자애야?"

뭐가 그리 궁금한지.

박선영이 징그러운 표정을 지으며 물었다.

"짐부터 싸요."

"어? 부끄러워하는 거 보니 정말 여자애인가 보네? 조숙해라. 예쁘게 생겼니?"

육십 넘은 내게 조숙이라니.

인상을 쓰곤 대답을 않자 박선영이 한숨을 푹 내쉬었다.

"너도 연애를 하는데 나는 뭐니. 힘들다. 인생. 안쓰럽다, 내 청춘."

"아직 어리잖아요. 좋아하는 일에 미쳐 있다 보면 좋은 날도 올 거예요. 분명."

"그럴까아?"

짐 싸는 걸 도와주나 싶더니 박선영이 다시금 침대 위에 누워 뒹굴뒹굴 굴렀다.

무시하고 짐을 계속 싸는데.

박선영이 조심스레 물었다.

"도빈아."

"왜요?"

"대표님이랑 오래 알고 지냈지?"

"네 살인가 다섯 살 때부터?"

"흐음."

답답해서 싸던 걸 멈추고 물었다.

"왜요?"

"아니……. 혹시 대표님이 가족 이야기 같은 거 네게 한 적 있어?"

그 질문을 듣고 박선영에게서 시선을 돌려 다시 짐을 싸기 시작했다.

더럽게 안 들어간다.

"없어요."

"대표님도 많이 힘드실 텐데."

그렇겠지.

가끔 지갑을 열고 멍하니 넋을 놓고 있을 때가 가끔 있다. 아마 가족사진을 보고 있는 것이리라.

그러나 그것을 위로해 줄 수 있는 사람은 아무도 없다.

나도 음악으로 달래려 해봤지만 그럴 수 없었다.

쓸데없는 생각이 길어져 머리를 흔들곤 늘어져 있는 박선영을 타박했다.

"놀지 말고 빨리 와서 이것 좀 도와요. 내일 보내야 하잖아요."

"그래애."

밍기적대던 박선영이 어쩔 수 없이 짐을 정리하기 시작했다. 28살이라고는 해도 역시 어리다.

처음에 봤던 빠릿빠릿함도 미국에서 몇 달간 많이 무뎌졌다.

"도빈아, 내일 루드 캣에서 환송회 파티 하자는데 어때?"

때마침 히무라가 방으로 들어왔고 갑자기 느릿느릿하던 박선영의 움직임이 빨라졌다. 거기다 뭔가 침대 위를 구르느라 부스스했던 머리가 어느새 차분해졌다.

'뭐지.'

"아, 선영 씨도 있었네. 도빈이 짐 싸는 거 도와주는 거야?"

"네. 도빈이가 잘 못 싸는 거 같아서요. 이럴 때 도와줘야죠."

"믿음직하네."

'얼씨구?'

이제 보니 히무라에게 마음이 있는 듯하다. 두 사람의 나이 차이가 꽤 나는데, 허물없이 지내는 걸 보면 잘 어울리는 것 같기도 하고.

생각해 보면 애초에 우수한 재원이라던 박선영이 샛별 엔터테인먼트에 입사한 것도 신기한 일이다.

엑스톤이 무너진 뒤 다른 좋은 회사에 취직할 수도 있는데 박봉의 작은 신생업체로 온 이유를 조금은 이해할 수 있었다.

"그럼 가는 걸로 말할게."

"네."

히무라가 나가고 내가 박선영을 지긋이 바라보니 그녀가 헤헤 하며 헤프게 웃었다.

"절 이용하는 건 괜찮지만 적어도 안 보이는 곳에서 하세요."

"미안……."

그렇게 한 시간 정도 짐과 씨름을 한 끝에 여덟 개의 큰 박스를 모두 테이핑했다.

"끝!"

환호를 한 박선영이 '잘 자'라는 말과 함께 나갔다.

저 젊은 처자의 짝사랑이 어떻게 될지에 대해선 알 수 없지만 부디 비극이 아니길 바란다.

'히무라는 애처가니까.'

오늘의 마지막 할 일을 하기 위해 핸드폰을 찾았는데 마침 어머니께서 전화를 거셨다. 한국은 이른 시간일 테니 아마 일어나자마자 전화를 하신 것 같다.

"엄마?"

-아직 안 잤어?

"네. 내일 짐 부치려고 준비하고 있었어요."

지금까지 그랬듯 시시콜콜한 이야기를 나누었다.

어머니께선 내가 무엇을 먹었는지 어떤 일이 있었는지 하는 이야기를 듣고 싶어 하셨고 나는 최대한 열심히 설명했다. 음악 이야기라 어머니께선 잘 이해하지 못하셨을 텐데도 끝까지 잘 들어주셨다.

오늘도 그러려고 했는데.

-도빈아, 할아버지하고 계속 연락하고 있었어?

어머니께서 상냥하게 물어보셨다.

보통 어머니께서 화가 나셨을 때는 한 음 정도 목소리가 낮아지는데, 오늘은 무슨 일인지 반 음 높아졌다.

보통 화가 나신 게 아니라는 것을 직감적으로 느낄 수 있었다.

"네."

-할아버지가 좋아?

무슨 말을 들으셨는지 알 수는 없지만 솔직한 게 최고다.

"할아버지니까요."

특별히 외할아버지에 대해 애착은 없지만, 어머니의 아버지니까.

이것저것 많이 챙겨주시기도 해서 감사한 정도다.

-할아버지는 도빈이를 너무 사랑하나 봐. 도빈이 좋은 학교에 보내자고 하시더라. 들었니?

"네. 들었어요."

-도빈이 생각은 어때?

"좋은 환경에서 배울 수 있으면 좋아요."

굳이 어머니께서 싫어하신다면 안 가겠다는 말은 하지 않았다. 그 말이 저주처럼 어머니를 옥죄어 할아버지의 제안을 거절할 수 없게 만들 테니까.

-실은. 할아버지가 아빠한테 미안하다고 하셨대.

이건 반가운 일이다.

어머니께서는 자세한 이야기는 하지 않으셨지만 예전처럼

외할아버지에 대해 공격적으로 말하진 않으셨다.

오래 사이가 안 좋았던 탓에 생긴 어색함이랄까.

시간이 해결해 줄 수 있는 문제라고 여겼다.

-그래서 도빈이가 좋은 학교 다닐 수 있게 해준다는 거, 엄마는 받아들이고 싶어. 그래도 도빈이한테 물어보고 싶었어.

"고마워요."

-고맙긴. 우리 도빈이 덕분에 엄마가 외할아버지랑 화해할 수 있었는데. 우리 도빈이 너무 보고 싶다.

"저도요."

아무래도 세 분이서 대화를 나누신 듯. 할아버지가 내 말을 받아들이신 것 같아 기분이 좋아졌다.

내게 가족의 행복함을 알려주었던 어머니 아버지가 부모와 다시 가까워진 일이니 당연한 일이다.

문득 궁금한 게 떠올랐다.

"채은이는 어떻게 지내요?"

-도빈이 보고 싶어서 매일 운대. 돌아오면 채은이하고도 놀아줘야겠다. 우리 아들 인기 많네?

"애기잖아요."

-도빈이도 애기예요.

"……저는 곧 여덟 살이에요."

-하하하하. 그래. 곧 여덟 살 되는 오빠니까 동생 잘 달래줘?

분하지만 졌다.

♪

다음 날.

루드 캣에서 준비한 파티는 즐거운 분위기였다. 자극적인 음악과 함께 즐거운 분위기였는데, 다들 술 한 잔도 마시지 않고 저렇게 흥을 낼 수 있다는 게 신기할 정도였다.

"진심으로 감사합니다."

제임스 터너가 손을 내밀었다.

"저야말로 새로운 일을 해볼 수 있어서 기뻤어요."

그의 손을 마주 잡고 말했다.

서로 무슨 말을 한지는 모르지만 아마 그 마음만은 느꼈을 거라 생각했다.

내가 그와 루드 캣이 만든 게임을 보고 감동한 것처럼.

그도 내 음악을 듣고 감동했던 것처럼.

굳이 뜻이 통하지 않아도 공유할 수 있는 무엇인가가 분명 우리 사이에 있었다.

To Be Continued

• 부록 •

16악장 중세와 바로크의 음악에 대해

서양 음악의 변화 과정을 이해하는 데 역사를 빼놓을 순 없다. 중세와 바로크, 고전, 낭만뿐만 아니라 이후 현재까지 음악을 향유하는 계층이 달라졌고, 음악은 듣는 사람에 따라 변화했기 때문. 부록을 통해 그 복잡한 이야기를 간단하게나마 소개하고자 한다.

중세 음악과 바로크 시대의 음악은 권위의 상징이었다.

중세는 교회가 지배하던 시기로, 흔히 예술의 암흑기라 불리나 헬레니즘적 관점(기독교 사상은 로고스 개념을 기반으로 하고 있다)에서 바라보면 그렇지만도 않다.

음악은 역사적으로 인간의 가장 가까운 영적 행위였으며 교회는 그들의 권위를 세우고 교인을 감화하기 위한 장치로 음악을 사용했다.

필요가 있다면 발전하게 마련. 덕분에 서양 음악사가 발전할 수 있었던 요인은 대부분 중세에 태동되었는데, 기보법과 다성 음악 모두 이때를 기점으로 고안, 발전되기 시작했다(중세 음악 이전, 그레고리안 찬트가 서양 음악사의 시작으로 여겨지는 이유이기도 하다).

중세를 넘어서 바로크 시대로 넘어오는 시기에는 교회가 상대적으로 약해지고 왕권이 대두된다. 사회적으로는 그리스·로마 시대 이후 다시금 인본주의가 싹텄고 그 결과 르네상스를 거친 바로크 시대는 마침내 음악이 교회에서 벗어나 왕과 귀족, 도시까지 나아가게 된다.

왕은 교회가 그러했듯이 그의 권위를 내세우기 위해 음악을 활용했는데, 음악이 영웅적이고 웅장할수록 왕의 권위는 더욱 확고해졌으며 그렇기 때문에 궁정에 소속된 또는 귀족의 후원을 받는 음악가들은 그들을 위한 음악을 만들 수밖에 없었다.

자연스럽게 중세와 바로크 시기의 음악은 장대하고 묵직했으며 원초적 감성을 자극하는 형태로 발전해 나갔다. 바로크 시대 음악의 가장 큰 특징 중 하나인 통주저음이 활용된 이유이기도 하다. 곡 전반에 걸쳐 화성을 보강해 주는 통주저음은 곡을 더욱 풍부하게 하고 조성을 부각시켜 줌으로써 그 전까지의 곡과 확연한 차이를 보여주었다.

또한 이 시기가 바로 음악사를 통틀어 가장 위대한 세 음악가 중 한 명인 요한 제바스티안 바흐가 활동하던 시기.

앞서 중세에는 교회선법이라 하여 조성조차 구성되지 않았던 초기 형태의 음악이었으나 바로크에 이르러서는 템포, 강약, 기악의 발달, 화성 체계 확립 등이 이뤄지며 보다 체계를 갖췄고.

이 모든 것을 완벽하게 확립한 이가 바로 베토벤이 '바다'로 불러야 한다 했던 '바흐'와 바로크 시대 음악가들의 공적이다. 특히 한 옥타브를 12등분하는 평균율은 음악사에 가장 중요한 업적 중 하나.

그 때문에 혹자는 바흐를 평하는 말 중, '세상에 떠돌아다니던 소리들을 어떻게 사용하는지 정리한 사람'으로 말할 정도다.

이해를 돕기 위해 바흐의 업적을 비유하자면, 자연에 널린 수많은 열매, 풀, 동물 중에서 먹을 수 있는 것과 없는 것을 구분해 정리한 것이다.

이후 볼프강 아마데우스 모차르트는 바흐가 구분한 식재료를 어떻게 요리하면 가장 맛있는 음식이 되는지 레시피를 만들었고 이것이 소나타 등 고전 양식의 기틀이 되었다.

위대한 악성은 모차르트가 만든 레시피를 먹는 사람에 따라 입맛에 맞춰 다양한 바리에이션으로 활용하니 세 음악가가 음악사에서 가장 위대하다 불리는 이유라 할 수 있다.

16악장 베토벤과 체르니에 대해

어려서부터 가장 역할을 짊어졌던 베토벤은 음악으로 돈을 벌기 위한 일이라면 무엇이든 마다하지 않았다.

젊었을 적 그의 주 수입원은 강사 활동이었는데 그의 수많은 연애사도 이를 통해 생겨났을 정도지만 그는 그리 좋은 선생은 아니었던 듯하다.

한없이 진지했던 그에게 귀족가의 끈기없는 영애들은 한심해 보일 뿐이라 강의 시간 내내 호통이 이어졌고 학생들의 손등은 항상 붉게 부어 있었다고 전해진다.

그렇게 엄격한 선생이었던 베토벤에게도 아끼는 제자가 있었는데 그중 한 명이 바로 카를 체르니. 피아노를 연습하게 되면 모를 수 없는 체르니 연습곡을 작성한 이다.

1770년생인 베토벤과는 21살 차이였지만 루트비히 판 베토벤과 평생을 교류한 몇 안 되는 사람 중 한 명이었다고 하니 두 사람의 각별함을 이해할 수 있다.

또한 살아생전 861개 곡을 만들 정도로 작품 활동에 열정적인 작곡가였지만 소심한 성격 탓에 연주회 등 외부 활동은 적었는데 카를 체르니의 그러한 성격은 베토벤을 처음 만났을 때 울어버린 일화 등으로 전해지고 있다.

피아노 연주가 정교하고 완벽하여 베토벤은 그의 재능을 아꼈지만 피아니스트나 작곡가보다는 교육자로 유명한 것도 이

때문.

그 유명한 프란츠 리스트도 카를 체르니의 제자이니 루트비히 판 베토벤-카를 체르니-프란츠 리스트(라흐마니노프와 드뷔시에게도 영향을 주었다)로 이어지는 계보도 눈여겨볼 일이다.

<다시 태어난 베토벤>에서는 차채은의 모티프가 되었다.

차채은의 박자 감각이 완벽하고 배도빈의 연주를 그대로 카피하는 모습과 어렸을 적, 배도빈을 처음 만났을 때 울거나 소심했던 건 모두 카를 체르니와 베토벤 사이의 일화를 따온 것이다.

또한 평생을 함께 서로를 가장 잘 이해해 주며 지지해 주었던 점도 작중 표현되는 이야기.

번외로, 베토벤에게는 카를 체르니 이외에도 아끼는 제자가 있었는데 그의 사업 파트너이자 뛰어난 피아니스트였던 페르디난트 리스와 멘델스존의 스승이자 쇼팽의 후원자였던 이그나츠 모셸레스.

그러나 카를 체르니와 마찬가지로 이 둘 역시 현재는 그리 관심받지 못하는데 고전과 낭만 사이의 과도기에 있는 음악가들의 한계를 벗어나진 못했다.

18악장 쇼팽의 연습곡

프레데리크 쇼팽은 평생 200곡이 넘는 곡을 썼지만 그중 대부분이 피아노곡일 정도로 피아노를 사랑했던 음악가였다. 오페라의 모차르트, 교향곡의 베토벤, 가곡의 슈베르트처럼 피아노를 말할 때 프레데리크 쇼팽을 언급하지 않을 순 없다.

뛰어난 피아니스트였던 어머니를 둔 쇼팽은 6살 때부터 피아노를 시작, 8살 때 이미 폴란드에서 명성을 떨쳤던 천재였다. 모차르트, 베토벤과도 비견되는 일화.

청소년기부터는 누구도 스승으로 두지 않고 독자적으로 작곡과 피아노 연주를 익혀나갔던 그이지만 본인 스스로 정신적 스승은 바흐와 모차르트였다고 밝혔다.

그의 작품 중에서도 현재 대중에게 가장 잘 알려진 곡은 아마 흑건, 연습곡 op.10의 5번일 것이다. 영화 <말할 수 없는 비밀(2007)>에서 등장하는 이 곡은 지루한 연습곡이라고 생각하기에는 그 생기 넘치는 심상 덕에 사랑받고 있다.

이와 같은 특색은 그의 모든 연습곡에서 드러나는 장점이자 차별점인데, 그전까지 연습곡은 지루하고 기계적이라는 인식을 부수었다.

거의 모든 기교를 요구하며 대부분이 음악성 역시 중요하기에 입시곡으로는 물론, 유명 콩쿠르의 과제곡이나 연주회에서도 자주 연주되는 곡으로 어린 최지훈은 쇼팽의 연습곡을 매일 반복했다.

<다시 태어난 베토벤>에서는 최지훈이 '완벽한 타건'을 얻

을 수 있었던 주요한 원인으로 여겨진다.

<다시 태어난 베토벤>에 관한 질문들

1. 왜 어린가

작가이기 전에 독자였던 필자는 많은 환생, 전이 소설을 읽으며 전혀 다른 세계에 놓은 주인공이 순식간에 적응하는 데 의문을 가졌다.

적응하는 과정이 생기면 스토리 진행이 더디고 그런 이야기는 인기가 없다는 사실을 인지한 뒤에도 '적응하는 모습도 재밌게 쓰면 되잖아!'라고 생각했고 결국 〈다시 태어난 베토벤〉에서 활용하게 되었다.

18세기 후반에 태어난 베토벤이 21세기에 적응하는 모습을 자연스럽게 그리기에는 성장 과정을 담는 게 가장 좋은 상황이었다. 과거 사람이 현대에 오면 언어부터 시작해 생활, 문화, 문명 전반에 걸쳐 재사회화가 필요한 만큼, 아기의 사회화 과정과 크게 다르지 않을 거라는 상상.

거기에 위대한 음악가들이 대부분 어렸을 적부터 이름을 알렸고 장르 소설 특유의 빠른 진행을 위해 만 3세부터 활동하면서 아직 사회화가 덜 이루어진 '배도빈'의 모습이 주변사람을 웃고 울리게 되었다.

2. 왜 일본에서 시작하는가

앞서 언급한 빠른 스토리 진행을 위해서 극단적인 설정이 필요했다. 대부분의 현대 판타지 소설이 여러 이유로 아마추어-프로-세계무대로 스토리라인을 잡는데 기존에 많이 있던 이야기를 답습하기는 싫었다.

때문에 중간 과정을 거치지 않고 곧장 세계를 무대로 이야기를 쓰려면 강력한 원군이 필요했고 그렇게 만들어진 캐릭터가 히무라 쇼우와 나카무라 이데 그리고 사카모토 료이치였다.

그들을 일본인으로 설정하게 된 이유는 여럿 있는데 바로 배도빈이 이름을 알리게 되는 계기가 가장 큰 원인이다. 만 3세 아이가 유명해지려면 언론을 타는 수밖에 없는데 사실상 사회화가 안 되었던 배도빈이 스스로 곡을 녹음하고 연주하기에는 현실적 제약이 많았다.

그래서 사촌형 배영빈의 힘을 빌린 것. 작곡 프로그램 기능도 포함한 '보컬라이드 미키(보컬로이드 미쿠)'의 광팬인 사촌형을 통해 배도빈의 곡이 파일화 되어 인터넷에 등재, 일본 서브컬쳐 오타쿠인 배영빈은 자연스럽게 일본의 창작 사이트 니코니코 동화에 업로드하는 이야기로 이어진 것이다.

또 다른 이유는 한국과 일본의 클래식 음악 시장의 차이.

일본은 세계적으로도 클래식 음악 시장에서 큰 비중을 차지하는데 유럽과 북미를 포함하더라도 클래식 음악 사업가들이 가장 주목하는 나라다.

2007년 한국의 클래식 음반 시장 규모는 173억 원 정도로 형성되어 있는데 반해 비슷한 시기의 일본에서는 750억 원. 프로 오케스트라는 32개. 연간 450만 명 이상이 콘서트홀을 찾으니 실질적 시장 규모에서는 35배 차이가 난다는 이야기도 있다.

때문에 한국 사이트에 올릴 수도 있었던 배영빈이 '오타쿠'로 설정된 것이다. 배도빈이 가진 문제와 그걸 해결해 줄 수 있는 배영빈, 한국과 일본의 시장 차이 등이 얽혀 첫 무대를 일본으로 잡게 하였다.

3. 왜 게임 or 시스템인가

2번 질문에 더해 가장 많은 아쉬움과 질문을 받는 이야기.

최신화 연재를 따라오고 계신 분들은 이해하고 계시겠지만 <다시 태어난 베토벤>에서는 그에 대해 단 한 번도 게임창이라고도 시스템창이라고도 언급되지 않았다.

3권까지 읽은 분께 밝힐 수 있는 부분은 이 요소를 집어넣은 이유.

몇 년 전부터 많은 소설이 스탯과 시스템을 활용하는데 이미 공식이 되어버릴 정도며 스토리 전반이 그것을 활용하는 정도에서 멈춘 것이 사실이다.

배도빈이 '신의 장난'이라고 언급하는 것이 등장하고, 배도빈이 그를 철저히 무시하고 활용하지 않는 것은 그러한 현상을 비판하기 위해 삽입된 내용이다.

관련 스토리는 연재본 322화부터 조금씩 언급되는데 배영준의 과거와 배도빈이 어려서부터 비행기를 무서워하고 싫어하는 것이 복선이다.